商務印書館

挑戰錯別字

作　　者：商務印書館編輯出版部
封面設計：張毅
出　　版：商務印書館（香港）有限公司
香港筲箕灣耀興道 3 號東滙廣場 8 樓
http://www.commercialpress.com.hk
發　　行：香港聯合書刊物流有限公司
香港新界大埔汀麗路 36 號中華商務印刷大廈 3 字樓
印　　刷：美雅印刷製本有限公司
九龍觀塘榮業街 6 號海濱工業大廈 4 樓 A 室
版　　次：2019 年 6 月第 4 次印刷

ISBN 978 962 07 1880 9
Printed in Hong Kong

怎樣使用這本書？

精選易錯字頭 1

自龐大的漢語數據庫科學提取使用頻率與出錯頻率雙高的錯別字。

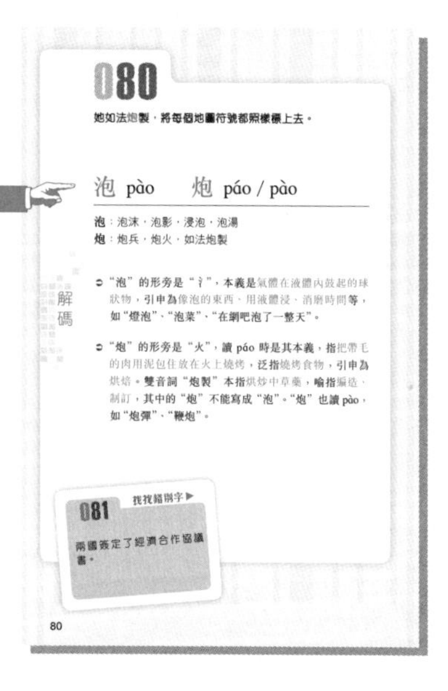

070

蜘蛛將一千多條細絲合併成一股絲，又將六股這樣的絲合併成一根絲線，然後才用來織網。

併 bìng 並 bìng

併：併吞．兼併．併攏．歸併
並：並排．並且．並列．並行不悖

解碼

- 二人合在一起是"併"。"合併"、"併吞"中的"併"不寫作"並"。
- "並"有挨着、平排着的意義，如"並肩"、"並駕齊驅"、"相提並論"中的"並"不能寫作"併"。"並"還可作連詞和副詞。

071 找找錯別字▶

老婆婆急的坐立不安，不時到窗前張望。

70

2 測試啟發思考

"找找錯別字"的測試句，皆為學生出錯實例，內容甚有針對性和實用性。

例詞加深理解 ③

精心安排相關例詞，兼顧字的不同含義，以詞辨字，加深理解。

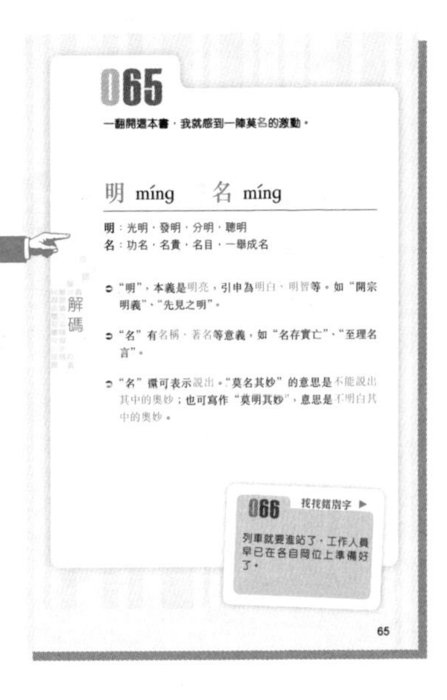

065

一翻開這本書，我就感到一陣莫名的激動。

明 míng　名 míng

明：光明．發明．分明．聰明
名：功名．名貴．名目．一舉成名

解碼

➲ "明"，本義是明亮，引申為明白、明智等。如"開宗明義"、"先見之明"。

➲ "名"有名稱、著名等意義，如"名存實亡"、"至理名言"。

➲ "名"還可表示說出。"莫名其妙"的意思是不能說出其中的奧妙；也可寫作"莫明其妙"，意思是不明白其中的奧妙。

066 找找錯別字 ▶

列車就要進站了，工作人員早已在各自崗位上準備好了。

65

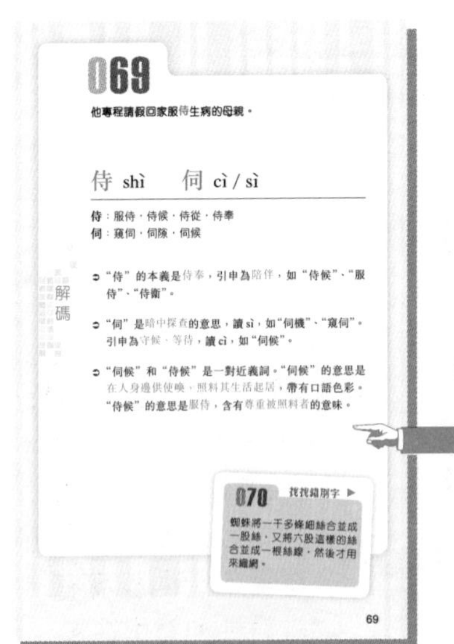

069

他專程請假回家服侍生病的母親。

侍 shì　伺 cì / sì

侍：服侍．侍候．侍從．侍奉
伺：窺伺．伺隙．伺候

解碼

➲ "侍"的本義是侍奉，引申為陪伴，如"侍候"、"服侍"、"侍衛"。

➲ "伺"是暗中探查的意思，讀 sì，如"伺機"、"窺伺"。引申為守候、等待，讀 cì，如"伺候"。

➲ "伺候"和"侍候"是一對近義詞。"伺候"的意思是在人身邊供使喚，照料其生活起居，帶有口語色彩。"侍候"的意思是服侍，含有尊重被照料者的意味。

070 找找錯別字 ▶

蜘蛛將一千多條細絲合並成一股絲，又將六股這樣的絲合並成一根絲線，然後才用來織網。

69

④ 辨析簡潔明瞭

從漢字結構規律入手，辨別正誤差異，能正本清源。

目 錄

筆畫檢字

八畫

九畫

十畫

十一畫

十二畫

十三畫

十四畫

十五畫

讓我們開始吧……

001 **找找錯別字▶**

徐老師對全體學生一視同人，從不厚此薄彼。

001

徐老師對全體學生一視同仁，從不厚此薄彼。

人 rén　　仁 rén

人：個人，人物，人見人愛，政通人和
仁：仁慈，仁義，仁愛，一視同仁

解碼

- "人"在古文字中寫作 [illegible]，像側面站立的一個人，本義是人。"政通人和"是形容一個國家政事順遂、人民和樂，其中的"人"不能寫作"仁"。
- "仁"的意思是指對人友善。"仁至義盡"和"一視同仁"中的"仁"不能寫作"人"。
- "同人"和"同仁"都可以表示同行業的人。

002 找找錯別字 ▶

在寒冷的極區，人們舉目了望夜空，常常能見到五光十色的極光。

002

在寒冷的極區，人們舉目瞭望夜空，常常能見到五光十色的極光。

了 liǎo　　瞭 liǎo / liào

了：了卻，一笑了之，了不起
瞭：明瞭，瞭如指掌，瞭望

解碼

- "了"表結束義時不能換成"瞭"，如"了結"、"沒完沒了"的"了"不能用"瞭"；表明白義時，如"不甚了了"的"了"也不能換成"瞭"。
- "瞭"表明白義時，讀 liǎo，用在"明瞭"、"瞭如指掌"等詞語中。
- "瞭"也可表遠望義，讀 liào，不能換成"了"，如"瞭望"的"瞭"不能用"了"。

003 找找錯別字▶

認真制訂計劃可讓我們的工作事半工倍。

003

認真制訂計劃可讓我們的工作事半功倍。

工 gōng　　功 gōng

工：加工，工具，異曲同工
功：用功，功能，豐功偉績

解碼

- "工"有工人、工作、精細等意義。"工整"的意思是細緻整齊，不潦草，"工"不能用"公"。
- "功"有功勞、成就、技能等義，如"論功行賞"、"基本功"。
- 表示本領義的"功夫"，不能寫作"工夫"；而表示時間義的"工夫"，如"最近太忙，沒工夫玩"，或寫作"功夫"。

004 找找錯別字 ▶

針對不同的學生因才施教，可以發掘學生的潛能。

004

針對不同的學生因**材**施教，可以發掘學生的潛能。

才 cái　材 cái

才：才能，天才，人才

材：藥材，素材，取材

解碼

- 人有用叫做“才”。當讚揚一個人是天才、有才能、有口才、德才兼備時，都要用“才”，不能用“材”。“人才”和“人材”曾混用，現在提倡寫“人才”。“才”也可用作副詞，如“她十點鐘才來”。
- “材”比“才”左邊多個“木”旁，更側重指有用的事物。“木材”、“材料”、“題材”、“教材”的“材”不能寫作“才”。
- “因材施教”的“材”表示資質，沒有人才的意思，其中的“材”不能寫作“才”。

005 找找錯別字 ▶

這首詩表現了他潔身自好的高上品格。

005

這首詩表現了他潔身自好的高尚品格。

上 shàng　尚 shàng

上：上面，馬上，至高無上
尚：高尚，禮尚往來，時尚

解碼

- "上"的本義指高處。"無上"的意思是沒有比它更高的。"無上光榮"、"至高無上"中的"上"不能寫作"尚"。
- "尚"的主要意義是尊崇、注重。"崇尚自由"、"禮尚往來"中的"尚"不能寫作"上"。

006 找找錯別字 ▶

他面對父親的遺物，情不自己，痛哭起來。

006

他面對父親的遺物，情不自已，痛哭起來。

己 jǐ　　已 yǐ

己：自己，知己，安分守己
已：已經，驚歎不已

解碼

- “己” 的左上全開口，“已” 的左上半開口。
- “己” 的意思是自己，如 “知己”、“推己及人”。
- “已” 表示 “停止”，如 “讚歎不已”；還可表示 “已經” 的意思，如 “時間已過”。“不能自已” 的 “已” 是 “停止” 的意思，不能寫作 “不能自己”。

007 找找錯別字 ▶

他觸目傷懷，自然情不能自己。

007

他觸目傷懷，自然情不能自已。

己 jǐ　已 yǐ　巳 sì

己：自己，知己，安分守己
已：已經，而已，不能自已
巳：巳時

解碼

➲ "己"的意思是自己，還表示天干第六位，如"知己"、"推己及人"、"己丑"。

➲ "已"表示"停止"，如"讚歎不已"；還可表示已經等意思，如"時間已過"。"不能自已"的"已"是停止的意思，不要寫成"不能自己"。

➲ "巳"表示地支第六位和巳時。

▶ 知多一點：

天干和地支是中國傳統用作表示次序的符號。天干有十干：甲、乙、丙、丁、戊、己、庚、辛、壬、癸；地支有十二支：子、丑、寅、卯、辰、巳、午、未、申、酉、戌、亥。天干和地支既可用於紀年、月、日，也可用於紀時。巳時相當於上午九時到十一時。

008 找找錯別字 ▶

我開的是小店，做的是少本生意，哪能跟你比呀。

008

我開的是小店，做的是小本生意，哪能跟你比呀。

少 shǎo / shào　　小 xiǎo

少：少量，少數，少年，少爺，少見多怪
小：小吃，小腳，小住，小型，牛刀小試

解碼

- “少” 讀 shǎo 時與 “多” 相對，表示數量小、不夠原有的或應有的數目，如 “少量”、“缺斤少兩”；引申為遺失、虧欠、稍微、暫時，如“少不了”、“少候”、“少時”。“少” 讀 shào 時與 “老” 相對，表示年紀輕，如 “少年”、“少爺”、“少不經事”。

- “小” 與 “大” 相對，表示在體積、面積、力量、強度等方面不及一般或不及比較對象，如 “小腳”、“小聲”；引申指短時間的、稍微、將近、排行最末、年齡小的人等義，如：“小住”、“牛刀小試”、“小舅”、“一家大小”；還可指妾，如 “討小”；作謙辭，稱自己或與自己有關的人或事物。如“小弟”、“小店”。

知多一點：

注意 “少” 與 “小” 表暫時、時間短的區分。“少” 側重表示時間非常短，帶有謙敬的語氣，“少候”、“少刻” 中的 “少” 不能寫作 “小”。“小” 表示一個不太長的時間段，“小憩”、“小坐”、“小住” 中的 “小” 不能寫作 “少”。

表示數量不足，“少量” 或作“小量”。

找找錯別字▶

009

子曰：“三人行，必有我師焉。”

009

子曰："三人行，必有我師焉。"

日 rì　　曰 yuē

日：如日中天，一日千里，夜以繼日
曰：子曰詩云

解碼

- "日"和"曰"一個是長形，一個是扁形。
- "日"在甲骨文中寫作⊙，像太陽的形狀，本義是太陽。用"日"作形旁的字大多與太陽有關，如"晴"、"晌"、"曙"、"暉"。
- "曰"在甲骨文中寫作㘝，下邊是口，口上的一横表示出氣說話，意思就是說，引申為叫做。"曰"常用在古漢語中，如"司馬遷，複姓司馬，名曰遷"。

010 找找錯別字 ▶

畢業後我和大明就終斷了聯繫。

010

畢業後我和大明就中斷了聯繫。

中 zhōng　終 zhōng

中：其中，中途，集中，中止

終：終於，始終，終結，終止

解碼

➲ "中"的基本意義是中央。如"中間"、"居中"、"中斷";"中斷"的"中"不能寫作"終"。

➲ "終"的基本意義是終結、末了。如"終點"、"終端"、"有始有終"。

➲ "中止"的意思是中途停止，如"因運動員受傷，比賽中止";"終止"的意思是結束、停止，如"由於對方違約，合同終止"。

011 找找錯別字 ▶

他能在學習中舉一返三，是難能可貴的。

011

他能在學習中舉一反三，是難能可貴的。

反 fǎn　　返 fǎn

反：反映，反對，反覆，反抗
返：返回，返航，流連忘返

解碼

➲ “反”的本義是翻轉，引申為相反、反對、回還、類比等義。如：“反敗為勝”、“物極必反”、“易如反掌”、“撥亂反正”。“舉一反三”的“反”是類比的意思，不能寫作“返”。

➲ “返”是“反”的分化字，基本義是回、歸。在回返義上原本用“反”，後代用“返”，多指行動上重新回到原來的地方，也泛指事物恢復到原來的狀態，如“一去不復返”、“流連忘返”、“返工”、“返老還童”、“積重難返”。

012　找找錯別字 ▶

漢語是中華文化的重要組成部份。

012

漢語是中華文化的重要組成部分。

分 fēn / fèn　　份 fèn

分：部分，成分，分外親熱

份：份額，股份，份外事

解碼

- "分"的本義是分開，讀 fēn，引申指分支和從整體劃出的部分，以及名位、成分、職責範圍等義，引申義名詞多讀 fèn。"本分"、"成分"、"恰如其分"的"分"不能用"份"。"部分"是整體中的局部或一些個體，其中的"分"也不用"份"。

- "份"的主要意義是整體分成的幾部分，也用作量詞和用在"省、年、月"等後面，表示劃分的單位，如"股份"、"省份"、"月份"、"兩份報紙"中的"份"不能用"分"。

- "身分"或作"身份"。

013

找找錯別字 ▶

"非常抱欠，我沒有照你的吩咐去做。"

013

"非常抱**歉**，我沒有照你的吩咐去做。"

欠 qiàn　　歉 qiàn

欠：拖欠，打哈欠，欠缺
歉：抱歉，歉疚，荒歉

解碼

- "欠"在甲骨文中寫作，像人張口打哈欠，這是它的本義。打哈欠時身體往往向前移動，這是"欠"的另一意義，如"欠身"、"欠腳"。"欠"又有不足、不夠的意義，如"虧欠"、"言辭欠妥"。

- "歉"的形旁是"欠"，"欠"表示不足，因此"歉"有莊稼收成不好的意思，覺得對不起人的意思，如"抱歉"、"歉意"，如"歉收"。又引申為"歉"不能寫成"欠"。

014 找找錯別字 ▶

對過去的歷史，有人咒罵，有人嘲諷，也有人一味地閳過飾非，這都不客觀。

014

對過去的歷史，有人咒罵，有人嘲諷，也有人一味地文過飾非，這都不客觀。

文 wén　　聞 wén

文：文章，文明，一文不名，舞文弄墨
聞：新聞，見聞，舉世聞名，千古奇聞

解碼

➲ "文" 有文字的意思，"望文生義" 是指看到文字表面就去作牽強的解釋；"文" 還有掩飾的意思，"文過飾非" 指用各種藉口來掩飾過錯，其中的 "文" 不能寫作 "聞"。

➲ "聞" 的本義是聽見。"望聞問切" 中的 "聞" 是聽聲息的意思；"聞過則喜" 指聽到別人指出自己的過錯就感到高興；"博聞強記" 中的 "聞" 是指聽到的事，不是文字、文化，其中的 "聞" 不能寫作 "文"。

015　找找錯別字 ▶

既然這樣，我們就直接告訴你，我們不願扮小醜。

015

既然這樣，我們就直接告訴你，我們不願扮小丑。

丑 chǒu　　醜 chǒu

丑：小丑，丑角

醜：醜陋，醜聞，醜態，家醜不可外揚

解碼

- “丑”是地支的第二位；還可作姓氏；又可表示戲曲角色行當，指扮演滑稽人物，也叫小花臉或三花臉。
- “醜”與美相對，表示醜陋、不好看。引申為叫人厭惡或瞧不起的、不好的、不光彩的事物等義。

016 找找錯別字 ▶

燈火倒映在烏藍的海面上，像一串流動着的珍珠，和那一片片密布在蒼穹裏的星斗互相輝耀。

016

燈火倒映在烏藍的海面上，像一串流動着的珍珠，和那一片片密佈在蒼穹裏的星斗互相輝耀。

布 bù　　佈 bù

布：紗布，布簾，布衣
佈：佈置，佈局，陰雲密佈

解碼

- “布”比“佈”左邊少個“亻”旁。
- “布”的本義是麻布，如“布疋”、“棉布”等。
- 由“布”的本義引申出分散各處、宣告等義，後寫作“佈”，如“宣佈”、“公佈”、“散佈”、“開誠佈公”等。

017 找找錯別字 ▶

軍隊日夜戊守在邊防。

017

軍隊日夜戍守在邊防。

戊 wù　戌 xū　戍 shù

戊、戌：戊戌變法
戍：戍邊，戍守

解碼

- "戊"的中間是空的，"戌"的中間是一橫，"戍"的中間有一點。
- "戊"代表天干的第五位，"戌"代表地支的第十一位。"戊戌變法"中的"戊戌"指的是1898年的農曆戊戌年，兩個形近字不能互換。
- "戍"的意思是軍隊防守。"戍邊"、"衞戍區"的"戍"不能寫作"戊"或"戌"。

018 找找錯別字 ▶

成語"朝三暮四"就是由這個故事引伸而來的。

018

成語“朝三暮四”就是由這個故事引申而來的。

申 shēn　　伸 shēn

申：申請，重申，申報，申辯
伸：伸手，伸懶腰，能屈能伸

解碼

- “申”原有伸展、舒展義，後代此義寫作“伸”。引申出的陳述、説明義及地支第九位，現代常用。如“申訴”、“申請”、“申明”、“申時”。“申冤”的“申”或作“伸”。
- “伸”的主要意義是展開、舒展。如“伸直”、“伸縮”、“延伸”。“伸張正義”中“伸張”指擴大，“伸”不能寫作“申”。

019

找找錯別字 ▶

爸爸常叫我要明辨是非。

019

爸爸常教我要明辨是非。

叫 jiào　　教 jiāo / jiào

叫：叫做，叫聲，叫喚

教：教室，教導，因材施教

解碼

- “叫” 的本義是呼喊，引申為鳴叫、召喚、使令等。如 “大喊大叫”、“雞鳴狗叫”、“把他叫來”、“這事該叫他知道”。

- “教” 的本義是教導、教育。如 “教師”、“教訓”。還引申出使令義，如唐代詩人王昌齡的詩句 “但使龍城飛將在，不教胡馬度陰山”。此義與 “叫” 的使令義相通，如 “風能教船走” 中的 “教” 也可寫作 “叫”。

- “教” 還可表傳授義，讀 jiāo，如 “教書育人”、“教英語”。

020 找找錯別字 ▶

我看你也好不到哪裏去，跟他是一邱之貉。

020

我看你也好不到哪裏去，跟他是一丘之貉。

丘 qiū　　邱 qiū

丘：丘陵，沙丘，丘墓，一丘田

邱：姓邱

解碼

- "丘" 是指小土山、土堆；還指暫時停放靈柩的浮厝；也可作量詞，水田分隔成大小不同的塊，一塊叫一丘。
- "邱" 曾與 "丘" 通用，現一般只用作姓氏。"邱姓" 與 "丘姓" 是兩個不同的姓氏。

021　找找錯別字 ▶

紅隊以逸代勞，體力上就佔了便宜。

021

紅隊以逸待勞，體力上就佔了便宜。

代 dài　　待 dài

代：時代，代表，取而代之，越俎代庖
待：對待，期待，接待，守株待兔

解碼

- “代”的本義是更替、代替。“代領”表示代替他人領取；“代辦”作動詞時表示代替他人辦理。
- “待”的本義是等待。“待領”表示等待領取；“待辦”表示等待辦理。“以逸待勞”、“待價而沽”中的“待”都是等待的意思，不能寫作“代”。
- 要注意“交代”與“交待”的用法。在表示囑咐義或說明工作時，不能用“交待”；而在“交代政策”或“交代罪行”中，“交代”可換用“交待”。

022 找找錯別字 ▶

將軍一向斥咤風雲。

022

將軍一向叱咤風雲。

斥 chì　　叱 chì

斥：排斥，充斥
叱：叱咤風雲

解碼

- "斥"有責備的意思，如"駁斥"、"申斥"、"訓斥"。
- "叱"是大聲怒斥、責罵的意思，比"斥"的責備程度更重，不但聲音大，而且還帶有憤怒的責罵。"叱責"與"斥責"、"怒叱"與"怒斥"、"痛叱"與"痛斥"、"呵叱"與"呵斥"等屬於語義輕重有別的幾組近義詞。
- "叱咤風雲"是形容聲勢威力很大，其中的"叱"不能寫作"斥"。

找找錯別字▶

023

為了抑制通貨膨脹，政府制訂了弘觀調控措施。

023

為了抑制通貨膨脹，政府制訂了宏觀調控措施。

弘 hóng　　宏 hóng

弘：恢弘，弘大，弘揚
宏：宏圖，宏大，宏偉

解碼

- "弘" 有廣大、擴充、光大等義，一般與 "宏" 相通，如 "弘圖"、"弘大"、"恢弘"、"弘揚" 或作 "宏圖"、"宏大"、"恢宏"、"宏揚"。但用作年號時只能寫作 "弘"，如 "弘治" 中的弘不能寫作 "宏"。
- "宏" 表示廣大、豐富、涉及整體的等義。"宏偉"、"宏富"、"宏觀" 中的 "宏" 不能寫作 "弘"。

024 找找錯別字 ▶

兩個款色差不多的書包放在兩人中間。

024

兩個款式差不多的書包放在兩人中間。

式 shì　　色 sè

式：方式，正式，模式，形式
色：神色，色彩，不動聲色，形形色色

解碼

- "式"可表示樣式，"色"可表示種類，兩者有時容易混淆。"式樣"、"款式"的"式"不能寫成"色"；"花色品種"的"色"不能寫成"式"。但表示各種不同的樣式品種可用"各式各樣"，也可用"各色各樣"。
- "式"還有規格、儀式等義，如"格式"、"形式"等。
- "色"還有神情、氣色、顏色、景象等義。如"臉色"、"藍色"、"貨色"、"景色"等。

找找錯別字 ▶

025

老師的話很有道理，同學們不在說話了。

025

老師的話很有道理，同學們不再說話了。

在 zài　　再 zài

在：現在，存在，在所難免
再：再三，再見，再接再厲

解碼

- "在"的基本義是存在，沒有又一次、多次的意思，因此，"在所難免"、"在所不辭"的"在"不能寫作"再"。
- "再"的基本義是第二次、又一次，沒有存在、在於的意思，因此，"再三再四"、"再接再厲"的"再"不能寫作"在"。

026 找找錯別字 ▶

彎曲得很古怪的枝幹上，偶而有一兩隻鷹停在那裏。

026

彎曲得很古怪的枝幹上，偶爾有一兩隻鷹停在那裏。

而 ér　　爾 ěr

而：而且，然而，從而，而已
爾：偶爾，莞爾，出爾反爾

解碼

- "而"主要作連詞，起連接作用。"挺身而出"、"侃侃而談"、"如此而已"等詞語中的"而"不能寫作"爾"。
- "爾"主要作代詞或詞綴。"出爾反爾"、"不過爾爾"、"偶爾"的"爾"不能寫作"而"。
- 要注意"而後"與"爾後"的區別。"而後"是然後、以後的意思，如"先定方案，而後行動"。"爾後"是從此以後的意思，如"兩年前見過一面，爾後就不知去向了"。

027　找找錯別字▶

登山的路往往懸空似的掛在山腰上，成"之"字形迂回而上。

027

登山的路往往懸空似的掛在山腰上，成"之"字形迂迴而上。

回 huí　迴 huí　迥 jiǒng

回：回來，來回，不堪回首，兩回事
迴：迴避，巡迴，峯迴路轉，迴腸盪氣
迥：迥然不同，風格迥異

解碼

➲ "回"不帶"辶"；"迴"由"辶"和"回"構成；"迥"由"辶"和"冋"構成，"冋"比"回"少一橫。

➲ "回"本指迴旋、旋轉。引申為曲折、環繞等，此義後來寫作"迴"。又引申指返回原地、掉轉、回報等，如"回家"、"回信"、"回頭"。

➲ "迴"的意思是曲折、環繞。"迴旋"、"迂迴"的"迴"不能寫作"回"。

➲ "迥"是遠的意思，"迥然不同"的"迥"不能寫作"迴"。

028 找找錯別字 ▶

一個環節失誤，就會引起連鎖反應，導至全線失敗。

028

一個環節失誤，就會引起連鎖反應，導致全線失敗。

至 zhì　致 zhì

至：至於，乃至，至少，仁至義盡
致：一致，導致，標致，興致勃勃

解碼

- “至”甲骨文中寫作，像箭落到地面上，表示到達。引申為周到、極、最，還用作連詞。
- “致”比“至”右邊多個“夂”。“致”的本義是送達，引申為招致、集中等義。“專心致志”是指用心專一、集中精神，其中的“致”不能寫作“至”。
- 注意“以至”與“以致”的區別。“以至”是一直到的意思，表示到達的程度、範圍或結果；“以致”是從而招致的意思，表示由前面的原因引出的不良後果。

029　找找錯別字▶

春天來了，神洲大地萬象更新。

029

春天來了，神州大地萬象更新。

州 zhōu　　洲 zhōu

州：神州，九州，蘇州
洲：北美洲，洲際導彈，三角洲

解碼

- "州"比"洲"左邊少個"氵"。
- "州"古文字寫作[illegible]，像水中有小塊陸地。後來用作劃分的地理區域，又成為地方的行政區劃；水中陸地的意義就用"洲"表示。
- 現在的使用情況是，"州"表示人文地理區域或地名，如"自治州"、"杭州"、"廣州"；"洲"表示大塊陸地或水中小島，如"亞洲"、"歐洲"、"東坪洲"。

030 找找錯別字 ▶

圓明園是弛名中外的藝術典範，可惜被侵略者一把火燒光了。

030

圓明園是馳名中外的藝術典範，可惜被侵略者一把火燒光了。

弛 chí　　馳 chí

弛：鬆弛，弛緩，有張有弛
馳：奔馳，馳騁，遠近馳名

解碼

- "弛"的左邊是"弓"，"馳"的左邊是"馬"。
- "弛"的本義是鬆開、鬆懈，放鬆了弓弦，弓箭就射不出去了，所以"鬆弛"和"有張有弛"的"弛"都要用"弓"旁，不能寫作"馬"旁的"馳"。
- 用力趕馬才能跑得快，所以"奔馳"的"馳"要用"馬"作表意偏旁。

031 找找錯別字▶

他四處奔走，為受屈的員工牟求合法權益。

031

他四處奔走，為受屈的員工謀求合法權益。

牟 móu　　謀 móu

牟：牟利，牟取
謀：參謀，陰謀，足智多謀

解碼

- "牟"現在的意義用法是取，如"牟取"、"非法牟利"。
- "謀"有商議、計策、尋求等義，如"不謀而合"、"謀略"、"謀求"、"謀取"。
- "謀取"和"牟取"意義相近。"謀取"是設法取得的意思，是中性詞，如"謀取利益";"牟取"是指謀取(名利)，主要用於貶義，如"牟取暴利"、"牟取私利"。

032 找找錯別字 ▶

她在攝像機面前擺了一個很漂亮的造形。

032

她在攝像機面前擺了一個很漂亮的造型。

形 xíng　　型 xíng

形：形式，情形，形容，喜形於色
型：典型，血型，小型，臉型

解碼

- “形”本指事物的形體，引申指事物的形狀、樣子、特徵、顯露等義。“圖形”、“外形”、“形象”、“喜形於色”的“形”不能寫作“型”。
- “型”的本義是鑄造器物的模子，引申為樣式、類型。“模型”、“造型”、“類型”、“型號”的“型”不能用“形”。

033 找找錯別字▶

一枝箭很容易拆斷，十枝箭在一起就拆不斷了。大家團結一致，力量就很強大。

033

一枝箭很容易折斷，十枝箭在一起就折不斷了。大家團結一致，力量就很強大。

折 zhé　　拆 chāi

折：折磨，曲折，挫折，轉折
拆：拆除，拆遷，過河拆橋

解碼

- "折"的右邊是"斤"；"拆"比"折"多一點，右邊是"斥"。
- "折"的本義是折斷，引申為挫敗、損失、彎曲、折合、折扣等，如"骨折"、"損兵折將"、"不折不扣"的"折"，右邊不能多寫一點。
- "拆"的本義是裂開，引申為拆開、拆毀等，如"拆卸"、"拆洗"、"拆散"、"拆台"、"拆除"的"拆"，右邊不能少寫一點。

034 找找錯別字 ▶

他們都有良好的獨立思孝習慣。

034

他們都有良好的獨立思考習慣。

孝 xiào　　考 kǎo

孝：孝順，孝敬，孝心
考：考慮，思考，考察

解碼

- "孝" 的下邊是"子"，"考" 的下邊是"丂"。
- "孝" 在古文字中寫作[古文字]，上部像老人，下部是"子"，表示兒子扶老人，本義是孝順，如"孝心"、"守孝"。
- "考" 的本義是年紀大，特指去世的父親；"考妣" 指（死去的）父親和母親。又有考核、推求等義，如 "考試"、"考古"。

035 找找錯別字▶

猴子們被逼得走頭無路，不得不從樹上跳下來。

035

猴子們被逼得走**投**無路，不得不從樹上跳下來。

投 tóu　　頭 tóu

投：投資，投降，投訴，五體投地
頭：點頭，垂頭喪氣，出人頭地

解碼

➲ "投"的本義是拋擲，引申為投入、投奔、合、迎合等義，如"投石問路"、"自投羅網"、"棄暗投明"、"情投意合"、"投其所好"。"走投無路"指無路可走，其中的"投"是投奔的意思，不能寫作"頭"。

➲ "頭"的本義是頭顱，引申為事物頂點或末端、起點或終點、次序領先等義，如"頭籌"比喻第一位或第一名。

036 找找錯別字 ▶

他待人克薄，所以朋友很少。

036

他待人刻薄，所以朋友很少。

克 kè　　刻 kè

克：攻克，克己奉公，克勤克儉
刻：立刻，深刻，刻不容緩

解碼

- “克”的本義是戰勝、攻破，引申為克服、克制、能等義。“克敵制勝”、“以柔克剛”、“克服困難”中的“克”不能用“刻”。

- “刻”的本義是雕刻，引申為程度深、刻薄等義。“刻舟求劍”、“刻骨銘心”、“刻苦”、“尖刻”的“刻”不能用“克”。

037　找找錯別字 ▶

好不容易盼到星期六，好好睡一覺，日上三杆也不要緊。

037

好不容易盼到星期六，好好睡一覺，日上三竿也不要緊。

杆 gān　　桿 gǎn　　竿 gān

杆：杆子，旗杆，電線杆
桿：桿秤，筆桿，槍桿，桿菌
竿：釣竿，竹竿，立竿見影，百尺竿頭更進一步

解碼

- "杆" 讀 gān，是指有一定用途的細長木頭或類似的東西，多直立在地上作支柱作用。如"旗杆"、"電線杆"。

- "桿" 讀 gǎn，是指器物的像棍子的細長部分，包括中空的，如"筆桿"；也作量詞，用於有杆的器物，如"一桿秤"。

- "竿" 是指截取竹子的主幹而成的竿子，如"釣魚竿"、"竹竿"。

038 找找錯別字 ▶

辛棄疾寫了一篇奏章給皇帝，希望朝庭發奮圖強。

038

辛棄疾寫了一篇奏章給皇帝，希望朝廷發奮圖強。

廷 tíng　　庭 tíng

廷：朝廷，宮廷，教廷

庭：家庭，大庭廣眾，大相徑庭

解碼

- “庭” 比 “廷” 多個表示房屋的 “广” 頭。
- “廷” 本指庭院，此義後來以 “庭” 字表示，“廷” 則特指宮廷，如 “朝廷”、“廷試” 的 “廷” 不能用 “庭”。
- “庭” 可表示庭院、廳堂的意義，也可指法庭，如 “門庭若市”、“大庭廣眾”、“開庭”、“出庭” 等。

找找錯別字 ▶

039

他們之間並沒有厲害衝突，只有一點誤會。

039

他們之間並沒有利害衝突，只有一點誤會。

利 lì　厲 lì

利：利潤，利用，利落
厲：嚴厲，尖厲，變本加厲

解碼

➲ “利”的基本義是鋒利，引申為順利、利益等，如“鋭利”、“流利”、“有利有弊”。

➲ “厲”有嚴格、嚴肅、猛烈等義，如“厲行節約”、“正言厲色”、“雷厲風行”。

➲ “厲害”是劇烈、兇猛的意思。“利害”的“害”讀輕聲（hai）時，同“厲害”，如“心跳得厲害 / 利害”、“天冷得厲害 / 利害”；“害”讀重音（hài）時，是利益和損害的意思，如“利害得失”，其中“利害”不能寫作“厲害”。

040 找找錯別字 ▶

住守樓蘭的官兵在月夜下，想念起故鄉來。

040

駐守樓蘭的官兵在月夜下，想念起故鄉來。

住 zhù　　駐 zhù

住：住手，記住，住房，禁不住
駐：駐守，駐足，駐軍，駐港部隊

解碼

➲ “住”的形旁是“亻”旁。人停留是“住”，所以“居住”、“住宿”、“住宅”都用“住”。

➲ “駐”的形旁是“馬”旁。馬或車馬暫時停留是“駐”，也泛指停留，所以軍隊的“駐紮”、“駐防”、“駐守”以及“駐足”都用“駐”。

041 找找錯別字 ▶

好多孩子身在福中不知福。

041

好多孩子生在福中不知福。

身 shēn　　生 shēng

身：轉身，身材，修身養性，終身
生：人生，生命，出生入死，終生

解碼

- "身"在古文字中寫作[古文字]，像一個肚子鼓起的人，本義指身孕。引申出身體、本身、品德等義。"修身養性"中的"身"是指品德，不能寫作"生"。
- "生"有生長、產生、生存等義。"生在福中不知福"中的"生"是表示"生活（在）……"，而不是"身處在……"，"生"不能寫作"身"。
- "終身"和"終生"是近義詞，意思略有差異。"終身"指具有某種身份後直至去世的一生，多就切身的事說，如"終身大事"；"終生"指一個人從出生到去世的一生，多就事業說，如"奮鬥終生"。

042 找找錯別字 ▶

天還沒完全亮，只能依希看見路兩旁樹的輪廓。

042

天還沒完全亮，只能依稀看見路兩旁樹的輪廓。

希 xī　　稀 xī

希：希望，希冀，希圖
稀：地廣人稀，依稀，稀薄，稀飯

解碼

- “希”有盼望義，“稀”沒有此義。“希望”、“希圖”、“希冀”的“希”不能用“稀”。
- 在表示少的意義上，“希”和“稀”義同，使用中出現不少異形詞，現在多用“稀”。如“稀罕”、“稀奇”、“稀少”、“稀有”。

043　找找錯別字▶

要準確地理解一個概念，必須弄清它的內含。

043

要準確地理解一個概念，必須弄清它的內涵。

含 hán　　涵 hán

含：含情脈脈，含苞待放，含沙射影
涵：內涵，涵養，涵蓋，海涵

解碼

- "含"是含在嘴裏的意思，引申為存在着、感情不外露等。如"嘴裏含着糖"、"含有水分"、"飽含辛酸"、"含辛茹苦"、"含笑"。"含義"或作"涵義"，"含蓄"或作"涵蓄"。
- "涵"現代的主要意義是包容，用於"涵蓋"、"涵養"、"內涵"、"海涵"等雙音節詞當中。
- "包含"和"包涵"是兩個詞。"包含"的意思是裏邊含有；"包涵"是表示請人原諒的客套話。

044 找找錯別字 ▶

柳宗元的散文豐富多樣，最膾炙人口的是山水遊記。

044

柳宗元的散文豐富多樣，最膾炙人口的是山水遊記。

灸 jiǔ　炙 zhì

灸：針灸
炙：炙熱，烤炙，殘杯冷炙

解碼

- “灸”的上邊是“久”，“炙”的上邊是“⺼”。
- “灸”一般是指用艾葉等燒或燻人體穴位的一種治療方法。“針灸”的“灸”不能寫作“炙”。
- “炙”是烤的意思，如“炙手可熱”的“炙”；也指烤熟的肉，如“膾炙人口”的“炙”，都不能寫作“灸”。

045 找找錯別字▶

畫師把畫布準備就序後便埋頭畫起來。

045

畫師把畫布準備就緒後便埋頭畫起來。

序 xù　　緒 xù

序：序列，井然有序，循序漸進
緒：思緒，頭緒，就緒，緒論

解碼

- "序"有次序、開頭的、序文等義，如"秩序"、"程序"、"序幕"、"序跋"。

- "緒"的形旁是"糹"，本義是絲的頭，引申為開端，如"千頭萬緒"。"就緒"指事情有了頭緒，安排妥當，不能寫成"就序"。由於人的感情往往像絲一樣連綿不斷，所以"緒"也引申為心情、思想等，如"心緒"、"情緒"、"離情別緒"。

- 注意區分"序言"與"緒言"。"序言"指寫在著作正文之前的文章，不屬於著作的一部分；"緒言"則指著作發端的話，是著作的組成部分。

046

他已病入膏肓，奄奄一息。

肓 huāng　　盲 máng

肓：病入膏肓
盲：盲目，掃盲，盲從

解碼

- “肓”的下邊是“月”，“盲”的下邊是“目”。
- “肓”指心臟和隔膜之間的地方。“病入膏肓”這一成語是喻指事態已經嚴重到無可救藥的程度。其中的“肓”不能在下面多加一橫寫成“盲”。
- “盲”的意思是眼睛失明，引申為對事物不能辨認，如“盲人”、“文盲”、“色盲”、“法盲”。

047 找找錯別字 ▶

沖鋒號一響，霎時間槍炮聲、喊殺聲震動山谷。

047

衝鋒號一響，霎時間槍炮聲、喊殺聲震動山谷。

沖 chōng　　衝 chōng

沖：沖刷，沖服
衝：衝鋒，衝擊，衝動

解碼

➲ "沖" 和 "衝" 在簡體字系統中都寫作 "沖"，但在繁體字系統中它們是兩個不同的字。

➲ "沖" 的本義是洶湧搖擺的樣子，引申為水流撞擊，如 "沖洗"、"沖茶"、"沖決河堤"。

➲ "衝" 的本義是通暢大路，引申為交叉路口、快速向前直闖、猛烈撞擊等，如 "要衝"、"首當其衝"、"衝刺"、"衝突"。

048 找找錯別字 ▶

我話還沒說完，他早已怒髮沖冠，按捺不住了。

048

我話還沒說完，他早已怒髮衝冠，按捺不住了。

沖 chōng　衝 chōng　充 chōng

沖：沖茶，沖淡，沖洗，沖劑，興沖沖
衝：衝鋒，衝動，首當其衝
充：充電，充實，充當，冒充

解碼

- "沖" 的形旁是 "氵"，表示與水有關，有用開水等澆、沖洗等義。如 "沖茶"、"沖洗"。還表示相互抵消，如 "沖賬"。

- "衝" 的形旁是 "彳"，表示與行走有關，原指通行的大道、重要的地方；引申為很快地朝某一方向直闖、猛烈地撞擊，如 "首當其衝"、"橫衝直撞"、"衝突"。

- "充" 有滿、裝滿、塞住、擔任、冒充等義，如 "充分"、"充耳不聞"、"充當"、"冒充"。"充值"、"充電" 有補充的意思，"充" 不能寫作 "沖" 或 "衝"。

049 找找錯別字 ▶

不論這位著名歌星走到那裏，都會感受到歌迷們的熱情。

049

不論這位著名歌星走到哪裏，都會感受到歌迷們的熱情。

那 nà　　哪 nǎ

那：那麼，那裏，那些
哪：哪裏，哪兒，哪怕

解碼

- "那"為指示代詞，指示較遠的人和事物，如"那個人我不認識"、"那孩子太淘氣"。
- "哪"比"那"左邊多個"口"旁，為疑問代詞，表示疑問或虛指，如"哪本書是他的？""你哪天來？""哪天來都行。"
- "那裏"與"哪裏"用法不同。"那裏"指示較遠的處所，跟"這裏"相對；"哪裏"則常用於問甚麼處所，或泛指任何處所。

050 找找錯別字 ▶

她化妝成一個貴婦人，混在人羣中，逃避了搜捕。

050

她化裝成一個貴婦人，混在人羣中，逃避了搜捕。

妝 zhuāng　　裝 zhuāng

妝：梳妝，嫁妝，化妝品
裝：時裝，裝模作樣，化裝逃跑

解碼

- "妝"的本義是梳妝打扮。"化妝"的意思是用脂粉等使容顏比原來好看，但不改變本來模樣，如"她一化妝，顯得更漂亮了"，其中的"妝"不能寫作"裝"。"卸妝"指女子除去身上的裝飾。

- "裝"有打扮、裝飾義，但不限於女子和一般的梳妝。"化裝"的意思是改變裝束、容貌，假扮成為另一個形象；也指演員扮裝成劇中角色，如"男扮女裝"、"化裝後逃跑"，其中的"裝"不能寫作"妝"。"卸裝"指演員除去化裝時穿戴塗抹的東西。

找找錯別字 ▶

051

雜物放在人行道上會防礙大家走路。

051

雜物放在人行道上會**妨**礙大家走路。

防 fáng　　妨 fáng

防：邊防，防止，猝不及防

妨：不妨，妨礙，妨害

解碼

- “防”的本義是堤壩，引申為防備，如“防禦”、“防不勝防”、“以防萬一”、“防患未然”、“防微杜漸”。
- “妨”的主要義是傷害、阻礙。“妨礙”、“不妨試試”、“看看倒無妨”的“妨”不能寫作“防”。

052 找找錯別字 ▶

那裏有一羣玩皮的猴子，牠們會用手拿東西吃，看起來很有趣。

052

那裏有一羣頑皮的猴子，牠們會用手拿東西吃，看起來很有趣。

玩 wán　　頑 wán

玩：開玩笑，玩具，玩世不恭

頑：頑強，頑抗，頑症

解碼

- "玩" 的右邊是 "元"，左邊是 "王"；"頑" 的左邊是 "元"，右邊是 "頁"。
- "玩" 的主要意思是玩耍、耍弄，如 "玩撲克"、"玩遊戲"、"玩把戲"、"玩花招"。
- "頑" 在現代的主要意義用法是愚昧無知、不易動搖、固執、淘氣，如 "頑石"、"頑固"、"頑皮"、"頑童" 中的 "頑" 不能寫作 "玩"。

053　找找錯別字 ▶

這篇文章的論點都是老生長談，沒有任何新意。

053

這篇文章的論點都是老生常談，沒有任何新意。

長 cháng　　常 cháng

長：天長日久，長年累月，萬古長青
常：非常，平常，反覆無常，老生常談

解碼

- “長”有長久的意義，如“來日方長”、“萬古長青”、“好景不長”、“細水長流”的“長”都是長久的意思，不用“常”。
- “常”有普通、一般、經常等意思，指情況一直是這樣或是時間間隔很短地屢次發生。“老生常談”、“四季常青”、“青春常在”的“常”不用“長”。
- “長年”指整年連續不斷，如“他長年堅持體育鍛煉”；“常年”指經常，中間可能有中斷，但間隔時間較短，如“培訓班常年招生”。

054 找找錯別字 ▶

姐姐把長髮挽起來坦露出雪白的脖頸。

054

姐姐把長髮挽起來，袒露出雪白的脖頸。

坦 tǎn　　袒 tǎn

坦：坦克，平坦，坦誠
袒：偏袒，袒護，袒露

解碼

➲ “坦” 的左邊是“土”，本義是道路平坦，引申指內心的平靜、不隱瞞、直率，如 “坦途”、“坦然”、“坦率”、“坦白”。

➲ “袒” 的左邊是 “衤”，意思是脫衣或敞開上衣露出，如 “袒露”、“袒胸露臂”；引申指支持、保護，如 “袒護”、“偏袒”。其中的 “袒” 都不能寫成 “坦”。

055 找找錯別字▶

小飛的畫構圖和情趣都佳，莉莉的那幅就相形見拙了。

055

小飛的畫構圖和情趣都佳，莉莉的那幅就相形見絀了。

拙 zhuō　　絀 chù

拙：弄巧成拙，笨拙，拙劣，古拙
絀：相形見絀，左支右絀

解碼

➲ “拙”的形旁是“扌”，本義與手的動作有關，表示不靈巧的意思。“笨拙”、“拙劣”、“弄巧成拙”、“勤能補拙”的“拙”不能寫作“絀”。

➲ “絀”的形旁是“糹”，主要意義是不夠、不足。“相形見絀”的意思是相互比較之下顯出一方不足，其中的“絀”是不足的意思，不是指不靈巧，不能寫作“拙”。

056 找找錯別字 ▶

我無時無刻不聽見她招喚我回去。

056

我無時無刻不聽見她召喚我回去。

招 zhāo　　召 zhào

招：招待，招生，招供
召：召見，號召，召喚

解碼

➲ “招”比“召”多個“扌”旁，本義是打手勢叫人來；引申為招致、引來、承認等，如“招手”、“打招呼”、“招兵買馬”、“不打自招”。

➲ “召”屬於“口”部，本義是呼喚。多用於身份高的人對身份低的人，或國家、團體對其成員，如“召喚”、“號召”、“召開”、“感召”。

➲ 請人們聚集起來，可用“招集”，也可用“召集”。

057 找找錯別字 ▶

老師傅把製板的技術詳細地傳授給新工人。

057

老師傳把製版的技術詳細地傳授給新工人。

板 bǎn　　版 bǎn

板：天花板，甲板，拍板，死板
版：出版，版本，製版

解碼

- "板"的形旁是"木"，本義是木板，引申指其他板狀物，還可表示節奏、不靈活等義，如"黑板"、"玻璃板"、"地板"、"快板"、"拍板"、"死板"。

- "版"的形旁是"片"，本指築牆用的夾板，引申指供印刷用的底子、版次、版面等。"排版"、"底版"、"頭版"、"版圖"的"版"不能寫作"板"。

058 找找錯別字 ▶

管理處找不到錢包的失主，就在佈告欄貼了一張"招領啟示"。

058

管理處找不到錢包的失主，就在佈告欄貼了一張“招領啟事”。

事 shì　　示 shì

事：故事，啟事，事半功倍
示：表示，提示，揭示，啟示

解碼

- “事”有事情、從事等義，如“事實”、“事業”、“無所事事”。
- “示”的意思是顯示，讓人知道，如“展示”、“表示”、“示範”、“示眾”。
- “啟事”與“啟示”是含義不同的兩個詞。“啟事”是指公開聲明某事的文字，如“徵稿啟事”;“啟示”是指使有所領悟的啟發指示，如“生命的啟示”。

059 找找錯別字 ▶

這件案子很複雜，辦起來相當刺手。

059

這件案子很複雜，辦起來相當棘手。

刺 cì　剌 lá　棘 jí

刺：刺激，諷刺，刺骨
剌：剌了一道口子
棘：棘手，披荊斬棘

解碼

➲ "刺" 的左邊是 "朿"，中間不封口；"剌" 的左邊是 "束"，中間封口；"棘" 由兩個不封口的 "朿" 組成。

➲ "刺" 的本義是用尖銳的東西戳，如"刺刀"、"衝刺"。

➲ "剌" 的本義是用刀把東西劃破、割開，如 "把皮子剌開"。

➲ "棘" 的本義是酸棗樹，泛指多刺的灌木，如 "荊棘叢生"。

060 找找錯別字 ▶

他們三個一羣，倆個一夥，把風箏放上了天空。

060

他們三個一羣，兩個一夥，把風箏放上了天空。

兩 liǎng　　倆 liǎ

兩：兩邊，兩個人，三三兩兩
倆：她倆，倆人，哥倆

解碼

- "兩"是數詞，表示二和約數以及雙方等意思，如"兩本書"、"過兩天再說"、"兩全其美"、"兩敗俱傷"。
- "倆"是兩個的意思，是數量詞，因此它的後面不能再接"個"字或其他量詞，如：能說"他們倆"或"他們兩個"，但不能說"他們倆個"。

知多一點：

"兩"和"二"都是數詞，但用法有時不同。一般量詞前多用"兩"，不用"二"；如"兩個人"，不用"二個人"。在讀數或表示序數時，多用"二"，不用"兩"，如"二十二（22）"、"第二"。

061 找找錯別字

一不小心，球打倒了表哥臉上。

061

一不小心，球打到了表哥臉上。

到 dào　　倒 dǎo / dào

到：來到，到達，報到
倒：跌倒，顛倒，倒退

解碼

➲ "到" 的本義是到達、達到。到達適當的位置或預定的地點是 "到位"；達到規定的時間是 "到點"。還引申為去、往的意思。作補語時表示動作有了結果，達到了目的，如 "做到"。

➲ "倒" 的本義是倒下，引申為顛倒、替換、傾瀉出等。建築物倒下來是 "倒（dǎo）塌"；往後退是 "倒（dào）退"。

062 找找錯別字 ▶

烏龜再三肯求，老鷹便把牠抓住，帶到空中。

062

烏龜再三懇求，老鷹便把牠抓住，帶到空中。

肯 kěn　　懇 kěn

肯：肯定，中肯，寧肯
懇：懇切，懇請，勤懇

解碼

➲ "肯" 本義是緊附於骨的肉，喻指要害處，"中肯" 就是正中要害。又可表示同意、接受等，如"首肯"、"肯定"、"肯接受意見"。

➲ "懇" 的形旁是 "心"，本義與心有關，表示從內心發出的真誠，因此"誠懇"、"懇切"、"懇求" 的 "懇" 不能用 "肯"。

063 找找錯別字▶

搬入新家後，夫妻倆添置了不少傢俱。

063

搬入新家後，夫妻倆添置了不少傢具。

具 jù　　俱 jù

具：具體，傢具，匠心獨具
俱：俱樂部，一應俱全，聲淚俱下

解碼

➲ "具"在金文中寫作，上邊像盛食物的鼎，下邊像兩隻手，意思是備設酒食，因此有備設、具有、器具等義，如"具備"、"初具規模"、"別具一格"、"文具"、"工具"。"傢具"不能寫作"傢俱"。

➲ "俱"的基本義是偕同，引申表示全、都的意思，如"兩敗俱傷"、"面面俱到"、"與日俱增"中的"俱"是全、都的意思，不能寫作"具"。

064 找找錯別字 ▶

慕名去聽教授的講座，卻發現他講得枯燥無味，我大失所望。

064

慕名去聽教授的講座，卻發現他講得枯燥無**味**，我大失所望。

味 weì　　昧 meì

味：味道，香味，體味，山珍海味，味同嚼蠟

昧：愚昧，冒昧，昧良心，拾金不昧

解碼

➲ “味”的聲旁是“口”，原指味覺，後也指嗅覺，又引申為食品菜餚、趣味等義，如“味道”、“氣味”、“美味”、“體味”、“趣味”等。

➲ “昧”的聲旁是“日”，有糊塗、隱藏、昏暗、冒犯等義。“愚昧”、“拾金不昧”、“幽昧”、“昧良心”的“昧”不能寫作“味”。

065 找找錯別字▶

一翻開這本書，我就感到一陣莫明的激動。

065

一翻開這本書，我就感到一陣莫名的激動。

明 míng　　名 míng

明：光明，發明，分明，聰明
名：功名，名貴，名目，一舉成名

解碼

- "明"，本義是明亮，引申為明白、明智等。如"開宗明義"、"先見之明"。
- "名"有名稱、著名等意義，如"名存實亡"、"至理名言"。
- "名"還可表示說出。"莫名其妙"的意思是不能說出其中的奧妙；也可寫作"莫明其妙"，意思是不明白其中的奧妙。

066 找找錯別字 ▶

列車就要進站了，工作人員早已在各自崗位上準備好了。

066

列車就要進站了，工作人員早已在各自崗位上準備好了。

岡 gāng　　崗 gāng / gǎng

岡：岡陵，山岡，景陽岡
崗：山崗，站崗，崗位，下崗

解碼

- "岡" 指較低而平的山脊，如"岡陵"、"山岡"。
- "崗" 有山岡、崗位、職位等義，如"崗頂"、"崗位"、"下崗"。
- "山岡" 或作 "山崗"。

067 找找錯別字 ▶

我們不能強攻，必須採取出奇致勝的策略。

067

我們不能強攻，必須採取出奇制勝的策略。

制 zhì　　製 zhì　　致 zhì

制：控制，制伏，制服，因地制宜
製：製造，複製，粗製濫造
致：以致，景致，專心致志，淋漓盡致

解碼

➲ "制"的本義是裁斷；引申出的裁製、製造義，後來寫作"製"；又有制訂、限制、制度等義，不能寫作"製"。

➲ "致"的本義為送達；引申為到達、招致、集中等義。如"致電"、"致意"、"致富"、"招致"。

➲ "出奇制勝"中"制勝"是指取勝，"製冷"指用人工方法取得低溫，其中的"製"不可寫作"致"。

068 找找錯別字 ▶

急中生知的一句話起了作用，父親的手垂了下來。

068

急中生智的一句話起了作用，父親的手垂了下來。

知 zhī　　智 zhì

知：知名，知心，無知，知書達禮
智：智力，機智，睿智，智勇雙全

解碼

- “知”的基本意義是知道，引申為使知道、知識等義，如“知彼知己”、“知根知底”、“通知”、“求知”；還引申指人了解、判斷事物的能力，即智慧的意義，此義後來一般寫作“智”。

- 多知為智，“智”與“知”同源，可用來表示聰明、有智慧、見識等意義，如“明智”、“智者千慮，必有一失”、“足智多謀”。

- 在魯迅等現代作家的作品中曾把表示知識義的一些詞語中的“知”寫成“智”，如“智識”、“智識分子”、“智識慾”等；其中的“智”現在多用“知”。

069 找找錯別字▶

他專程請假回家服伺生病的母親。

069

他專程請假回家服侍生病的母親。

侍 shì　伺 cì / sì

侍：服侍，侍候，侍從，侍奉
伺：窺伺，伺隙，伺候

解碼

- “侍”的本義是侍奉，引申為陪伴，如“侍候”、“服侍”、“侍衞”。
- “伺”是暗中探查的意思，讀 sì，如“伺機”、“窺伺”。引申為守候、等待，讀 cì，如“伺候”。
- “伺候”和“侍候”是一對近義詞。“伺候”的意思是在人身邊供使喚，照料其生活起居，帶有口語色彩。“侍候”的意思是服侍，含有尊重被照料者的意味。

070 找找錯別字 ▶

蜘蛛將一千多條細絲合並成一股絲，又將六股這樣的絲合並成一根絲線，然後才用來織網。

070

蜘蛛將一千多條細絲合併成一股絲，又將六股這樣的絲合併成一根絲線，然後才用來織網。

併 bìng　　並 bìng

併：併吞，兼併，併攏，歸併
並：並排，並且，並列，並行不悖

解碼

➲ 二人合在一起是"併"。"合併"、"併吞"中的"併"不寫作"並"。

➲ "並"有挨着、平排着的意義，如"並肩"、"並駕齊驅"、"相提並論"中的"並"不能寫作"併"。"並"還可作連詞和副詞。

找找錯別字 ▶

071

老婆婆急的坐立不安，不時到窗前張望。

071

老婆婆急得坐立不安，不時到窗前張望。

的 de　地 de　得 de

解碼

- “的”常用在定語後面，名詞之前，如“綠色的草坪”、“明媚的陽光”。
- “地”常用在狀語後面，動詞或形容詞之前，如“高興地說”、“天漸漸地熱了”。
- “得”只能用在動詞或形容詞後面，連接表示結果或程度的補語，如“跑得快”、“來得早”、“天氣冷得很”。

知多一點：

“的、地、得”都是多音字。“得”還可讀 dé 或 děi，如“要取得（dé）好成績，就得（děi）努力學習”。“的”和“地”都可讀作 dì，“的”讀 dì 時指箭靶的中心，因此“有的放矢”、“目的”的“的”不能用“地”；“地”讀 dì 時有地點的意思，因此“目的地”中的第三個字要用“地”。此外，“的”還可讀作 dí，如“的確”。

072 找找錯別字 ▶

到了現在這一時刻，也沒有辦法可想了，只有破斧沉舟，進行決戰。

072

到了現在這一時刻，也沒有辦法可想了，只有破釜沉舟，進行決戰。

斧 fǔ　　釜 fǔ

斧：斧頭，斧正，斧鉞
釜：破釜沉舟，釜底抽薪

解碼

- "斧"原指頭呈楔，裝有木柄的金屬工具，也是古代一種兵器，如"斧頭"、"斧鉞"。引申為修改，"斧正"、"斧削"的"斧"不能寫作"釜"。
- "釜"是古代的炊事工具，相當於現代的鍋。"破釜沉舟"、"釜底抽薪"中的"釜"指"鍋"，"釜"不能寫作"斧"。

073　找找錯別字 ▶

董事長當場簽署了受權書。

073

董事長當場簽署了**授**權書。

受 shòu　　授 shòu

受：享受，接受，感受，受寵若驚
授：教授，授予，傳授，授權

解碼

- "受"本義是給予，這個意義後來由加個"扌"旁的"授"表示。"受"現代的主要義是接受，不表示給予。
- "授"的主要義是給予，不表示接受。
- "受獎"和"授獎"意思不同。"受獎"是指自己或自己一方接受、得到獎勵；"授獎"是指給他人頒發獎勵。

074 找找錯別字 ▶

她雖然柔弱，卻能不畏強權，勇敢地掙取自己的權利。

074

她雖然柔弱，卻能不畏強權，勇敢地爭取自己的權利。

爭 zhēng　　掙 zhēng / zhèng

爭：爭氣，戰爭，據理力爭，爭先恐後
掙：掙扎，掙錢

解碼

- "爭" 有力求得到或達到、爭執等義，如 "爭奪"、"爭取"、"爭持"，其中的 "爭" 不能寫作 "掙"。
- "掙" 比 "爭" 多個 "扌" 旁，有用力使自己擺脱束縛、用勞動換取的意思，如 "掙 zhēng 扎"、"掙 zhèng 脱"、"掙 zhèng 錢"。

075　找找錯別字▶

大家興高彩烈，一起去維多利亞港灣看焰火。

075

大家興高采烈，一起去維多利亞港灣看焰火。

采 cǎi　　彩 cǎi

采：風采，文采，神采奕奕
彩：色彩，光彩，彩虹，奇光異彩

解碼

- "采" 在古文字中寫作，像一個人用手去摘樹上的果實，本義為摘取，引申為發掘、搜集、選取等（後來用 "採" 表示，如 "採集"、"採訪"）。"采" 還可表示精神，如 "興高采烈"、"無精打采"，其中的 "采" 不要寫作 "彩"。

- "彩" 的本義是彩色，引申為彩色的絲織品（此義後來用"綵"，如"張燈結綵"）、各種顏色、花樣、稱讚等。如 "五彩繽紛"、"彩霞"、"精彩"、"多姿多彩"、"喝彩"。

076 找找錯別字 ▶

《西遊記》講述了孫悟空降服妖魔的故事。

076

《西遊記》講述了孫悟空降伏妖魔的故事。

服 fú　伏 fú

服：服務，征服，佩服，服帖
伏：起伏，埋伏，伏筆

解碼

- "服" 有服從、信服、使信服的意思。"心服口服"、"心悅誠服"、"以理服人" 中的 "服" 不寫作 "伏"。
- "伏" 有屈服、被迫接受、使屈服的意思。"伏法"、"降龍伏虎" 的 "伏" 不寫作 "服"。
- "伏罪"、"伏輸"、"伏辯" 也可寫作"服罪"、"服輸"、"服辯"，意思沒有區別。
- "降伏" 指制服，使馴伏，對象多為牲畜。"降服" 指投降屈服，對象多為人。

077 找找錯別字▶

觀眾憑入場卷進入劇場。

077

觀眾憑入場券進入劇場。

券 quàn　　卷 juàn

券：入場券，國庫券，如操左券
卷：問卷，書卷氣，開卷有益

解碼

➲ “券”的下邊是“刀”，“卷”的下邊是“㔾”。

➲ “券”是作為憑證的一種契據。古代的契據是用刀刻在竹片或木片上，所以它下邊的形旁是“刀”；現代的契據一般是印在或寫在紙上的，因此“券”也泛指用作憑證的紙片、字據，如“債券”、“證券”、“穩操勝券”。

➲ “卷”本指膝蓋彎曲（此義後代用“蜷”quán 表示），引申為可捲起和展開的書畫等，如“畫卷”、“試卷”、“卷宗”、“手不釋卷”。

078 找找錯別字 ▶

對母親來說，這些是衡量生命價值的法碼。

078

對母親來說，這些是衡量生命價值的**砝**碼。

法 fǎ　　砝 fǎ

法：合法，想方設法，書法
砝：砝碼

解碼

- "法"的形旁是"氵"，"砝"的形旁是"石"。
- "法"的本義是法律、法令，引申為標準、仿效等。
- "砝"不單用。"砝碼"指天平上作為重量標準的物體。其中的"砝"曾被寫作"法"，但現代統一寫作"砝"。

079 找找錯別字▶

他用膠水把信封黏上，把信投入郵箱。

079

他用膠水把信封粘上，把信投入郵箱。

沾 zhān　粘 zhān　黐 nián

沾：沾沾自喜，沾染，沾光
粘：粘貼，粘連
黐：黐土，黐液，黐附，黐合

解碼

➲ “沾”的左邊是“氵”，“衣服沾濕了”、“紙沾了水”、“腳上沾了泥”，都是表示跟與水有關的事物發生關係，都用水旁的“沾”。表示稍稍碰上、挨上或因有關係而得到好處的意義也用“沾”，如“沾邊”、“沾光”、“沾親”。

➲ “粘”和“黐”曾混用，現有所分別。“粘”作動詞，表示膠合、連接，如“糖粘牙”、“粘信封”；“黐”作形容詞，表示像糨糊、膠水似的黐性，如“黐稠”、“黐糊”、“黐度”。

080 找找錯別字 ▶

她如法泡製，將每個地圖符號都照樣標上去。

080

她如法炮製，將每個地圖符號都照樣標上去。

泡 pào　　炮 páo / pào

泡：泡沫，泡影，浸泡，泡湯
炮：炮兵，炮火，如法炮製

解碼

- "泡"的形旁是"氵"，本義是氣體在液體內鼓起的球狀物，引申為像泡的東西、用液體浸、消磨時間等，如"燈泡"、"泡菜"、"在網吧泡了一整天"。

- "炮"的形旁是"火"，讀 páo 時是其本義，指把帶毛的肉用泥包住放在火上燒烤，泛指燒烤食物，引申為烘焙。雙音詞"炮製"本指烘炒中草藥，喻指編造、制訂，其中的"炮"不能寫成"泡"。"炮"也讀 pào，如"炮彈"、"鞭炮"。

081　找找錯別字 ▶

兩國簽定了經濟合作協議書。

081

兩國簽訂了經濟合作協議書。

定 dìng　　訂 dìng

定：一定，堅定，規定，約定
訂：簽訂，訂閱，訂正，擬訂

解碼

➲ "定"的本義是安定，引申為決定、確定等，如"心神不定"、"商定"、"定論"、"定局"。

➲ "訂"的本義是評定，引申為改正，如"校訂"、"訂正"。

➲ "定"和"訂"都可表示約定。在現代"定"主要用於不輕易變動的確定；"訂"主要用於經雙方事先商量的約定，在特殊的情況下難免有變更的可能性。因此"訂婚"、"訂貨"、"訂單"、"訂閱"等用"訂"的居多。

082 找找錯別字 ▶

高大的城牆依然如固，只是多了一些斑駁的痕跡。

082

高大的城牆依然如故，只是多了一些斑駁的痕跡。

故 gù　　固 gù

故：故事，事故，故意，緣故
固：固然，頑固，鞏固，根深蒂固

解碼

➲ "故"可表示原來的、從前的、舊的等意思，如"故地"、"故鄉"、"依然如故"。把自己限制在原來的地方是"故步自封"，其中的"故步"是走老步子的意思，或作"固步自封"。

➲ "固"有牢固、本來、原來等意思，如"穩固"、"加固"、"固有"。

083

找找錯別字 ▶

小欣正全神貫注地做作業，我悄悄走到她身邊，她一點都沒查覺。

083

小欣正全神貫注地做作業，我悄悄走到她身邊，她一點都沒察覺。

查 chá　　察 chá

查：審查，查詢，檢查
察：觀察，偵察，檢察院

解碼

- "查"有檢查、調查、翻查等義，如"抽查"、"核查"、"清查"、"查字典"。它沒有仔細看、觀察的意思。
- "察"的本義是仔細看，引申為考察、調查，如"觀察"、"覺察"。"明察暗訪"、"明察秋毫"中的"察"都指觀察，不是指檢查，不能寫作"查"。
- "查看"強調檢查，涉及的對象多為靜態的；"察看"強調仔細觀察，涉及的對象多為動態的。
- "考查"指用某種標準檢查衡量（行動、活動），如"考查學生的應用能力"；"考察"指實地觀察調查或深刻細緻地觀察，如"他們到各地考察水利工程"。

084 找找錯別字 ▶

她很喜歡照像，在鏡頭前落落大方，一點都不拘謹。

084

她很喜歡照相，在鏡頭前落落大方，一點都不拘謹。

相 xiàng　象 xiàng　像 xiàng

相：表相，丞相，相貌，相聲
象：象牙，象徵，萬象更新
像：好像，塑像，圖像，佛像

解碼

- "相"在古文字中寫作[古文字]，像在用眼睛觀察樹木，本義是觀察，如"相面"、"相機行事"的"相"。用作名詞時指物體的外觀或所觀察的形貌、情狀，所以"相片"、"真相大白"的"相"不能寫作"象"或"像"。

- "象"可以表示抽象的形狀或樣子、仿效等意思，如"氣象"、"印象"、"象形文字"。

- "像"有圖像、相似等意思，如"畫像"、"塑像"、"好像"。"好像"不能寫作"好象"。

085 找找錯別字▶

警察警告小偷說："別在我面前要花招！"

085

警察警告小偷說："別在我面前耍花招！

耍 shuǎ　　要 yāo / yào

耍：玩耍，耍弄，耍花招
要：要求，需要，主要，必要

解碼

- "耍"和"要"上部不同，"耍"上部是"而"，"要"上部是"覀"。
- "耍"的基本意義是玩耍，引申為玩弄、施展等義。
- "要"在古文字中寫作，像一個人兩手叉腰，本義是人的腰（此義後來寫作"腰"）。由於腰是人體重要部位，又在人體中部，所以引申為重要、中間等義，並由中間義引申出中途獲取、希望得到等義。

086 找找錯別字 ▶

未等逃犯省悟過來，一副冰冷的手銬已銬在了他的手上。

086

未等逃犯醒悟過來，一副冰冷的手銬已銬在了他的手上。

省 xǐng　　醒 xǐng

省：反省，內省，省親
醒：提醒，覺醒，醒悟

解碼

➲ "省"的形旁是"目"，"目"就是眼睛。"省"的本義是察看，引申為覺悟、明白等。"反省"的"省"是檢查的意思，"不省人事"的"省"是明白的意思，不能寫作"醒"。

➲ "醒"的形旁是"酉"，"酉"在古文字中寫作酉，是酒罈子的象形。"醒"的本義是酒醒，引申為睡醒、覺醒、明顯等，如"清醒"、"大夢初醒"、"醒目"。"醒悟"不能寫作"省悟"。

087 找找錯別字▶

這個人慣於捕風捉影，無是生非。

087

這個人慣於捕風捉影，無事生非。

是 shì　　事 shì

是：似是而非，俯拾皆是，唯利是圖，共商國是
事：故事，事業，事半功倍，國事訪問

解碼

➲ "是"有對、正確的意思，與"非"相對。"明辨是非"、"口是心非"、"自以為是"的"是"不能寫作"事"。

➲ "事"有職業、事情、從事等義。"無事生非"的"事"是指事端，不能用"是"。"實事求是"本指弄清事實，求得正確的結論，"事"和"是"不要用反了。

➲ "國是"和"國事"是兩個詞，意義相近。"國是"指國家大計，一般用於"共商國是"。"國事"指國家大事。"國事訪問"中"國事"不可寫作"國是"。

088 找找錯別字 ▶

印刷廠機器哄鳴，工人們正在緊張地工作。

088

印刷廠機器轟鳴，工人們正在緊張地工作。

哄 hōng　　轟 hōng

哄：亂哄哄，哄笑
轟：轟炸，轟轟烈烈，轟鳴

解碼

- “哄”表示的是多人同時發出聲音，此義讀 hōng，如“哄堂大笑”、“哄搶”，其中的“哄”不能寫作“轟”。
- “轟”表示的是車的轟鳴聲，泛指巨大的聲響，引申指用炮或炸彈破壞、驅趕等，如“機器轟鳴”、“轟轟烈烈”、“轟擊”、“轟麻雀”。“轟動”或作“哄動”，現多用“轟動”。

089 找找錯別字 ▶

來到這裏，彷彿走進了一個童話般的境屆。

089

來到這裏，彷彿走進了一個童話般的境界。

界 jiè　　屆 jiè

界：自然界，境界，界限，界定
屆：首屆，屆時，屆期

解碼

- "界"的本義是不同區域相交接的地方，引申指範圍，如"邊界"、"國界"、"世界"、"界定"、"眼界"。
- "屆"有到、次等意義，如"屆時敬請光臨"、"換屆"、"上屆畢業生"、"第五屆全校運動會"等。

090 找找錯別字 ▶

這些官府的衙役有峙無恐，隨意欺壓善良的百姓。

090

這些官府的衙役有**恃**無恐，隨意欺壓善良的百姓。

峙 zhì　　恃 shì

峙：對峙，峙立

恃：恃才逞能，恃強凌弱

解碼

- “峙”的形旁是“山”，“恃”的形旁是“忄”。
- 山聳立是“峙”，相對而立是“對峙”，“兩山對峙”、“兩軍對峙”的“峙”都不能寫成“恃”。
- 心裏有依仗是“恃”，所以用“忄”作形旁，如“有恃無恐”、“自恃才高”。

091　找找錯別字▶

舅舅是個熱心人，為朋友做了很多雪中送碳的事。

091

舅舅是個熱心人，為朋友做了很多雪中送炭的事。

炭 tàn　　碳 tàn

炭：煤炭，木炭，雪中送炭，生靈塗炭
碳：碳化，碳酸氣，二氧化碳

解碼

- "炭"是木炭的通稱。"煤炭"、"石炭"的"炭"不能寫作"碳"。
- "碳"比"炭"左邊多個"石"，是近代造的化學用字，指一種非金屬元素。"二氧化碳"、"碳水化合物"的"碳"不能寫作"炭"。

092 找找錯別字 ▶

爬山虎的葉尖在牆上鋪得那麼均匀，沒有重迭起來的，也不留一點兒空隙。

092

爬山虎的葉尖在牆上鋪得那麼均勻，沒有重疊起來的，也不留一點兒空隙。

迭 dié　　疊 dié

迭：忙不迭，更迭，花樣迭出
疊：摺疊，層疊，疊牀架屋

解碼

- "迭"的基本義是輪番交替，由此引申為屢次、及的意義，如"更迭"、"花樣迭出"、"高潮迭起"、"忙不迭"。
- "疊"的基本義是重複，引申為摺疊，如"重疊"、"重巒疊嶂"、"疊衣服"、"疊韻"。

093 找找錯別字 ▶

他自從出國之後就杳無音訊。

093

他自從出國之後就杳無音信。

信 xìn　　訊 xùn

信：信息，信任，信心，信仰
訊：問訊，簡訊，審訊

解碼

- "信"有確實、信用、相信、信奉、聽憑、憑據、消息等義。
- "訊"有詢問、消息等義。
- "音信"和"音訊"是同義詞，但"杳無音信"中的"信"一般不用"訊"。
- "通信"和"通訊"用法有別，"彼此經常通信聯繫"、"無線電通訊系統"中的"通信"和"通訊"不能互換。

094 找找錯別字 ▶

我迫不及待地想攀上那頂峯。

094

我迫不及待地想攀上那頂峯。

待 dài　　侍 shì

待：守株待兔，期待，招待
侍：侍者，服侍，侍奉，侍候

解碼

- “待”的形旁是“彳”，本義是等候，如“等待”、“時不我待”、“嚴陣以待”；引申為對待、招待，如“優待”、“以禮相待”。

- “侍”的形旁是“亻”，表示它的意義與人有關。“侍”的意思是侍奉，引申為在尊長身旁陪伴，如“侍候”、“服侍”、“侍衞”。

095 找找錯別字 ▶

我們應該先弄清事實，然后發表意見。

095

我們應該先弄清事實，然後發表意見。

後 hòu　　后 hòu

後：然後，前仆後繼，後來居上
后：太后，后妃，皇天后土

解碼

- "後"本義是走在後面，"彳"表示道路，"幺"表示小，"夊"（倒"止"字形）表示行動遲緩。
- "后"本指君主，後來又專指君王的妻子。"王后"、"皇后"的"后"不能寫作"後"。

096 找找錯別字 ▶

他有千言萬語要向母親傾訴，不知從何說起。

096

他有千言萬語要向母親傾訴，卻不知從何說起。

卻 què　　郤 xì

解碼

- “卻”的右邊是“卩”，“郤”的右邊是“阝”。
- “卩”古文字寫作ᄏ，像一個人曲膝跪着的樣子。“卩”旁的字，多表示和曲膝跪着的人有關，如“叩”表示跪着磕頭；“即”古文像人跪坐着靠近裝食物的器皿，引申為靠近、立刻。
- “阝”在右邊時，古文字寫作ᄋ，像一個人在城池邊，表示人居住的地方。“阝”旁的字多與城市、地方、居住等有關，如“都、邦、郊”。“鄰”指住在旁邊的人家。
- “郤”同“隙”，也可作姓氏。

▶ **知多一點：**

“卩”旁的字：印，卻，卸，卿

“阝”旁的字：部，郵，郎，鄉

097 找找錯別字▶

很難想像，如果沒有書，我們的童年會怎樣渡過。

097

很難想像，如果沒有書，我們的童年會怎樣**度**過。

度 dù　　渡 dù

度：態度，速度，風度，飲酒過度，普度眾生
渡：渡船，渡江，過渡時期

解碼

- "度"和"渡"作動詞用時容易混淆。
- "度"作動詞時只指在時間上的過，如"歡度春節"、"虛度光陰"、"度日如年"、"度假"。
- "渡"比"度"多個"氵"旁，本義是橫過水面，多指在空間上的過，如"遠渡重洋"、"橫渡長江"。也用於通過困難、關隘、危機，在時間上的過只限於艱難時期，如"渡過難關"。
- 作名詞用時，"度"可指計量長短、程度、限度、制度，"渡"則指渡口。

098 找找錯別字 ▶

儀仗隊昂手闊步走在隊伍的最前列。

098

儀仗隊昂首闊步走在隊伍的最前列。

首 shǒu　　手 shǒu

首：回首，首都，首次，首腦
手：七手八腳，動手，手段

解碼

➲ "首"的本義是頭，引申為首先。"昂首闊步"指抬起頭大步前進，不是甩着手；"首屈一指"表示首先彎曲的一個指頭，指居於第一位。其中的"首"不能寫成"手"。

➲ "手"的本義就是手。"額手稱慶"是把手放在額上表示慶幸或敬意，其中的"手"不能寫成"首"。

➲ "首飾"本指頭上的裝飾品；"手鏈"是戴在手上的細鏈。其中的"首"和"手"不要混淆。

099

一幅幅春聯，都洋溢着樂觀、詼諧的情趣。

洋 yáng　　揚 yáng

洋：太平洋，汪洋，喜氣洋洋
揚：飛揚，弘揚，耀武揚威

解碼

➲ “洋” 本為水名，引申為比海大的水域、盛大等，如 “漂洋過海”、“熱情洋溢”。“洋洋” 形容眾多或豐盛，如“洋洋大觀”、“洋洋灑灑”、“暖洋洋”，其中的“洋” 不能寫作 “揚”。

➲ “揚” 有升高、高漲、傳播、好看等義，如 “趾高氣揚”、“發揚光大”、“揚長避短”、“其貌不揚”。“沸沸揚揚” 的“揚” 不要錯寫成“洋”。“揚揚得意” 的“揚” 或作 “洋”。

100

這幅國畫用的是渲染技法。

宣 xuān　喧 xuān　渲 xuàn

宣：宣佈，宣言，宣告
喧：喧鬧，喧囂，喧賓奪主
渲：渲染

解碼

- “宣”有公開説出、發表、宣傳、疏通等義，如“宣誓”、“心照不宣（‘宣’是公開説出）”、“宣佈”、“宣揚”、“宣泄（‘宣’是疏通）”。

- “喧”的意思是大聲説話，聲音雜亂，如“喧嘩”、“鑼鼓喧天”、“喧賓奪主”。

- “渲”是一種繪畫技法，喻指誇大地形容。“渲染”的“渲”不能用“宣”或“喧”。

找找錯別字▶

101

很多人兢兢業業，在平凡的工作中作出了凸出的成績。

101

很多人兢兢業業，在平凡的工作中作出了突出的成績。

突 tū　　凸 tū

突：衝突，突擊，突飛猛進
凸：凸透鏡，凹凸不平，凸版紙

解碼

- "突"有猛衝、突然、超出等意義，如"突圍"、"突破"、"狼奔豕突"、"突如其來"。

- "凸"有高於周圍的意義，如"凹凸不平"、"青筋凸起"、"挺胸凸肚"。

- "突出"與"凸出"都有高出來的意思。但"突出"還有超過一般地顯露出和使超出一般的比喻義，如"業績突出"、"突出重點"，其中的"突"一般不用"凸"。

- "凸起"和"突起"都可表示高起、鼓起。"突起"還有突然發生的意義，如"狂飆突起"。而"凸起"多形容靜態，如"牆面凸起"。

102 找找錯別字 ▶

知己知彼，百戰不怠。

102

知己知彼，百戰不殆。

怠 dài　　殆 dài

怠：怠慢，倦怠，懈怠
殆：百戰不殆，危殆

解碼

- “怠”的形旁是“心”，意思是輕慢、鬆懈，如“懈怠”、“怠慢”。
- “殆”的形旁是“歹”，意思是危險，引申為幾乎。“百戰不殆”的“殆”是危險的意思（不是懈怠的意思），引申指失敗，因此不能寫作“怠”；“傷亡殆盡”的“殆”是幾乎的意思，也不能寫作“怠”。

103 找找錯別字 ►

夏天，就像一個熱情如火如茶的姑娘。

103

夏天，就像一個熱情如火如荼的姑娘。

茶 chá　　荼 tú

茶：茶花，茶几，茶餘飯後

荼：如火如荼，荼毒生靈

解碼

- "茶"的下邊是一橫，"荼"的下邊是兩橫。
- "茶"就是"茶葉"的"茶"，"紅茶"、"綠茶"、"龍井茶"、"早茶"的"茶"下邊都是一橫，不能寫成下邊兩橫的"荼"。
- "荼"本指一種苦菜，又指茅草的白花，"如火如荼"就是像火一樣紅、像荼一樣白，原指軍容整齊嚴肅，後形容氣勢浩大。

104 找找錯別字 ▶

這些成就對中國佛教有不可磨滅的供獻。

104

這些成就對中國佛教有不可磨滅的貢獻。

貢 gòng　　供 gōng / gòng

貢：貢獻，進貢，朝貢，貢品
供：供應，供給，供養

解碼

- "貢"是獻的意思，引申為進獻的物品，如"貢獻"、"進貢"、"貢品"。
- "供"讀 gōng 時是供給的意思，如"提供"、"僅供參考"的"供"；讀 gòng 時表示奉獻、提供案情，也指供詞，如"供品"、"招供"、"口供"。
- "供品"和"貢品"是近義詞，在敬奉的對象上有所區別。"供品"指供奉神佛祖宗用的瓜果酒食等；"貢品"指古代臣民或屬國獻給朝廷的物品。

105 找找錯別字 ▶

灰黑色母斑羚的身體已經籠罩在彩虹眩目的斑斕光譜裏。

105

灰黑色母斑羚的身體已經籠罩在彩虹炫目的斑斕光譜裏。

眩 xuàn　　炫 xuàn

眩：眩暈，昏眩，目眩
炫：炫示，炫弄，炫目

解碼

- "眩"的形旁是"目"，本義與眼睛有關，表示眼睛昏花，如"眩暈"。
- "炫"的形旁是"火"，本義與火有關，表示火光耀眼，引申為誇耀，如"炫目的白光"、"炫耀"。
- 注意區別"目眩"與"炫目"的。"目眩"是指眼睛昏花，如"頭暈目眩"；"炫目"是指光彩耀眼。

106 找找錯別字 ▶

水開了，壺裏的水蒸汽直往上冒。

106

水開了，壺裏的水蒸氣直往上冒。

氣 qì　汽 qì

氣：天氣，氧氣，水蒸氣
汽：汽車，汽油，蒸汽

解碼

- "氣"下部帶"米"；"汽"左面帶"氵"。
- "氣"的本義是雲氣，引申為氣體、氣息、氣味等。"空氣"、"煤氣"、"天然氣"的"氣"不用帶水的"汽"。"水蒸氣"的"氣"也不能寫作"汽"。
- "汽"是液體、固體變成的氣體，如"蒸汽"、"汽水"、"汽笛"等。
- "蒸汽"即水蒸氣，所以帶"氵"旁。"蒸氣"是泛指液體或固體變成的氣體，不帶"氵"旁。

107

找找錯別字▶

為一點小事，她鬧得翻江搗海，雞犬不寧。

107

為一點小事，她鬧得翻江倒海，雞犬不寧。

倒 dǎo　　搗 dǎo

倒：跌倒，倒把，倒換，顛三倒四
搗：搗亂，搗鬼，搗蛋

解碼

➲ "倒" 的形旁是 "亻"，本義與人有關。基本義是人或豎立的東西倒下，引申為垮台、顛倒、替換等，如"摔倒"、"倒閉"、"翻江倒海"。

➲ "搗" 的形旁是"扌"，本義與手有關，有搥打、撞擊、攪亂等義。"搗亂"、"搗毀" 的 "搗" 是指攪亂、搞壞，不能寫作 "倒"。

108 找找錯別字 ▶

越往北桃花開得越遲，侯鳥也來得越晚。

108

越往北桃花開得越遲，候鳥也來得越晚。

候 hòu　侯 hóu

候：時候，候鳥，候車室，候補

侯：諸侯，王侯，封侯

解碼

- “候”比“侯”中間多一短豎。
- “候”有守候、等待、看望、時候等義。“等候”、“問候”、“氣候”、“候鳥”中的“候”不能寫作“侯”。
- “侯”是古代五等爵位的第二等，如“諸侯”、“王侯”、“侯爵”。

知多一點：

“猴”、“喉”、“瘊”、“篌”、“餱”等字是用“侯”作聲旁，中間都沒有一短豎。

109 找找錯別字

街燈已經息滅了，淡青的晨曦瀰漫而來。

109

街燈已經熄滅了，淡青的晨曦瀰漫而來。

息 xī　熄 xī

息：消息，休息，氣息，無聲無息
熄：熄滅，熄燈，熄火

解碼

- “息”的本義是呼吸進出的氣，引申為滋生、停止等。“息怒”、“息事寧人”、“偃旗息鼓”中的“息”都是停止的意思，不能用“熄”。
- “熄”比“息”左邊多個“火”，是火滅的意思，引申為（燈火）熄滅、關掉等，如“火勢已熄”、“熄燈”。

110 找找錯別字 ▶

這時，牠們遷徙的日期臨近，該離開這塊樂土了。

110

這時，牠們遷徙的日期臨近，該離開這塊樂土了。

徒 tú　徙 xǐ

徒：教徒，歹徒，徒有虛名
徙：遷徙，徙居，曲突徙薪

解碼

- “徒”和“徙”右邊不同。“徒”右邊上部是“土”，“徙”右邊上部是“止”。
- “徒”是形聲字，形旁是“彳”，聲旁是“土”，本義與走路有關，表示步行的意思。由於徒步沒有交通工具，因此引申出空的、白白的、僅僅等義，如“徒步”、“徒手”、“家徒四壁”、“徒勞無功”。
- “徙”是會意字，甲骨文寫法從“彳”從“步”，表示兩腳在路上走動，篆文寫法變成從“辵”從“止”。其本義是遷移，如“遷徙”。

111 找找錯別字 ▶

路口拐彎處突然竄出一條狗，司機連忙緊急殺車。

111

路口拐彎處突然竄出一條狗，司機連忙緊急剎車。

殺 shā　　剎 chà / shā

殺：殺害，抹殺，殺一儆百，殺價
剎：剎車，剎那間，寶剎

解碼

- “殺”的形旁是“殳”，“剎”的形旁是“刂”。
- “殺”的本義是殺死，如“屠殺”、“殺一儆百”、“殺出重圍”；引申為削弱、減少、消除，如“殺價”、“抹殺”。
- “剎”讀 shā 時有止住的意思，如“剎車”。讀 chà 時指佛寺，如“古剎”、“寶剎”。“剎那”的“剎”也讀 chà。這些詞中“剎”都不能誤作“殺”。

112 找找錯別字 ▶

走了這樣長的路，還沒吃一頓飯，大家個個饑腸轆轆。

112

走了這樣長的路，還沒吃一頓飯，大家個個飢腸轆轆。

飢 jī　　饑 jī

飢：飢餓，飢民，飢寒交迫，如飢似渴，飢不擇食
饑：饑荒，饑饉

解碼

➲ "飢"主要表示餓的意思，如"飢餓"、"飢民"、"飢寒交迫"。形容非常迫切的情況一般用"飢"，如"如飢似渴"、"飢不擇食"。

➲ "饑"主要表示饑荒的意思，如"饑饉"、"饑荒"、"連年大饑"。

113 找找錯別字 ▶

她翻開記念冊，看到了同學們熱情洋溢的留言。

113

她翻開紀念冊，看到了同學們熱情洋溢的留言。

記 jì　紀 jì

記：博聞強記，遊記，記號
紀：年紀，紀實，遵規守紀

解碼

- “記” 左邊是 “言”，本義是記寫，引申為記憶、標記等，如“記賬”、“忘記”、“日記”、“記號”。
- “紀” 左邊是“糸”，本義指絲縷的頭緒，引申為法度、紀律。另古時十二年為一紀，今指更長的時間，如“世紀”。
- 在 “紀念”、“紀元”、“紀年”、“紀傳” 等詞中，“紀” 義同 “記”，但不能寫作 “記”。“紀錄”、“紀要” 的 “紀” 或寫作 “記”。

114　找找錯別字 ▶

這個村莊的歷史很悠久，由此往上，可以追朔到宋朝那時候。

114

這個村莊的歷史很悠久，由此往上，可以追溯到宋朝那時候。

朔 shuò　　溯 sù

朔：朔望，朔日，朔方，朔月
溯：溯源，回溯，追溯，溯流而上

解碼

- "朔" 指農曆每月初一，"朔日" 是農曆每月初一，也叫 "朔望"。還指北方，朔方是北方；"朔風" 是北風。
- "溯" 的聲旁是 "氵"，本義指逆着水流的方向走，是動詞；引申指往上推求或回想。"追溯"、"回溯"、"溯流而上"、"追本溯源" 的 "溯" 不能寫作 "朔"。

115

找找錯別字 ▶

兩家的恩怨從此一筆勾消。

115

兩家的恩怨從此一筆勾銷。

消 xiāo　　銷 xiāo

消：消毒，消夜，消除，消化
銷：銷售，銷聲匿跡，推銷，一筆勾銷

解碼

- "消"的形旁是"氵"，本義是冰雪融化，引申為消散、消除、度過等，如"冰消瓦解"、"煙消雲散"、"消耗"、"消費"、"消夏"、"消閒"。
- "銷"的形旁是"金"，本義是熔化金屬，引申為解除、銷售、消費等，如"銷毀"、"銷假"、"暢銷"、"脫銷"、"開銷"、"報銷"。
- "消"和"銷"都有除去、耗費等意思，有些詞可以通用。如"撤消／撤銷"、"花消／花銷"、"消歇／銷歇"、"銷魂／消魂"。其他一般不相通。

116 找找錯別字 ▶

我想到了那些留芳千古的愛國志士。

116

我想到了那些流芳千古的愛國志士。

流 liú　　留 liú

流：倒背如流，中流砥柱，一代風流
留：留言，留心，拘留，不留餘地

解碼

- "流"基本義是流動，引申有流傳、傳播等義，如"川流不息"、"流言蜚語"。"流芳"是指流傳美名，不是留下美名，"流"不能寫作"留"。
- "留"的基本義是停留，引申為保留、收下等。"留學"、"留影"、"留步"、"挽留"的"留"不能寫作"流"。
- "流連忘返"或作"留連忘返"。

找找錯別字 ▶

117

廖聰一放假就通霄達旦地玩電玩。

117

廖聰一放假就通宵達旦地玩電玩。

宵 xiāo　　霄 xiāo

宵：元宵，通宵，春宵，良宵
霄：九霄雲外，響徹雲霄

解碼

- "宵"是"宀"頭，"霄"是"雨"頭。
- "宵"的意思是夜，如"良宵"、"通宵"、"通宵達旦"。"元宵"是指農曆正月十五的夜晚，後來把習慣在正月十五晚上吃的湯圓也叫元宵。"夜宵"是指夜晚吃的食物。
- "霄"有雲、天空的意思，如"響徹雲霄"、"九霄雲外"。

118 找找錯別字 ▶

個別官員退化變質，會極大地影響政府的威信。

118

個別官員蛻化變質，會極大地影響政府的威信。

退 tuì　　褪 tuì　　蛻 tuì

退：撤退，退步，退化，進退兩難

褪：褪去冬衣，褪毛

蛻：蛻變，蛻化，蛻皮

解碼

- "退"的本義是向後移動，引申為退出、減退等義。"褪"的本義是脱去衣裝，引申為（羽毛）脱落、（衣服）掉色等義。"蛻"的本義是蟬脱下的皮，引申為脱皮。

- "褪色"多指布料、衣服掉色；"退色"既可指布料、衣服的掉色，也可指紙張、傢具等掉色。

- "蛻化"與"退化"意思不同。"蛻化"是喻指腐化墮落；"退化"是泛指事物由優變劣、由好變壞。

119 找找錯別字▶

走在林蔭小路上，只聽見校園裏書聲朗朗。

119

走在林蔭小路上，只聽見校園裏書聲琅琅。

琅 láng　　朗 lǎng

琅：書聲琅琅

朗：朗聲大笑，明朗，爽朗

解碼

➲ "琅"本指一種玉石，重疊為"琅琅"，是象聲詞，形容金玉撞擊或讀書聲，如"書聲琅琅"其中"琅"不能寫作"朗"。

➲ "朗"的本義是明亮，引申為聲音亮，如"晴朗"、"豁然開朗"、"朗朗乾坤"、"朗讀"、"朗誦"。

120　找找錯別字 ▶

他一心用在工作上，對個人得失莫不關心。

120

他一心用在工作上，對個人得失漠不關心。

莫 mò　　漠 mò

莫：切莫，莫非，莫名，高深莫測
漠：荒漠，淡漠，漠然，漠不關心

解碼

- "莫"在古文字中寫作，中間是"日"，上下是草木，表示太陽落下，此義後來用"暮"字表示，"莫"主要用作否定詞，表示沒有、不的意思，如"莫不歡欣鼓舞"、"愛莫能助"、"莫逆之交"、"非公莫入"。

- "漠"有沙漠、態度冷淡等義。"冷漠"、"漠不關心"中的"漠"是態度冷淡的意思，不能寫作"莫"。

121 找找錯別字 ▶

她帶着老花鏡，安詳地坐在沙發上。

121

她戴着老花鏡，安詳地坐在沙發上。

帶 dài　戴 dài

帶：飄帶，帶來，帶領，拖泥帶水

戴：穿戴，愛戴，戴眼鏡，張冠李戴

解碼

- "帶"的基本義是帶子，引申出像帶子的長條物、地帶、攜帶、帶領等義，如"一衣帶水"、"腰帶"、"熱帶"、"帶兵"。"帶"表示攜帶時，賓語常是工具、行李、家眷等。

- "戴"的基本義是把某物加在頭、面、頸、胸、臂、手等身體部位，賓語常是帽子、帽徽、眼鏡、領巾、手套、手鐲、耳環、戒指等。

- "佩戴"和"佩帶"的賓語都可是徽章、符號等，如"佩戴校徽"也可作"佩帶校徽"；但賓語是武器時，只能用"佩帶"，如"佩帶手槍"。

122 找找錯別字 ▶

那包茶葉放得時間太長了，早已經梅爛了。

122

那包茶葉放得時間太長了，早已經霉爛了。

梅 méi　　霉 méi

梅：梅花，梅雨，話梅
霉：霉爛，發霉，霉變

解碼

➲ "梅"的形旁是"木"，表示與植物有關，"梅"是一種落葉喬木。"梅花"指梅樹的花，"梅子"指梅樹的果實，"梅雨"指江南梅子黃熟之時所下的陰雨。也作"霉雨"。

➲ "霉"的形旁是"雨"，表示與雨有關，"霉"表示東西因為霉菌作用而變質。

123 找找錯別字 ▶

他仔細核對了兩本賬簿，沒有發現不副實的地方。

123

他仔細核對了兩本賬簿，沒有發現不符實的地方。

副 fù　　符 fú

副：名副其實
符：符合，符號，名符其實

解碼

- "副"有符合的意義，如"名實相副"、"名不副實"、"名副其實"。其中的"副"或作"符"。

- "符"有相合、符節等意義，如"符合標準"、"兩個數目相符"、"兵符"、"虎符"。但其中的"符"不能寫作"副"。

124　找找錯別字 ▶

他一揮而就，為鄉親們題寫了一幅對聯。

124

他一揮而就，為鄉親們題寫了一副對聯。

副 fù　幅 fú　付 fù

副：副作用，副本，副職
幅：篇幅，不修邊幅，幅員遼闊
付：對付，付諸東流

解碼

- "副"有輔助的、居第二位的意義，如"副班長"、"副手"，這一意義不能寫作"付"。作量詞時用於能成組成套的事物及面部表情，如"一副對聯"、"一副笑臉"，這一意義也可用"付"。

- "幅"的意義是布帛的寬度，也泛指寬度。如"幅面"、"幅度"、"篇幅"。作量詞時，用於布帛、圖畫等，如"一幅畫"。

- "付"的意義是交、給，如"付款"、"支付"、"交付"。

125 找找錯別字▶

他很不自律，在餐館吃飯還欠帳。

125

他很不自律，在餐館吃飯還欠賬。

帳 zhàng　　賬 zhàng

帳：帳篷，營帳，青紗帳
賬：算賬，轉賬，不認賬

解碼

➲ “帳”的左邊是形旁“巾”，本義是牀帳，如“帳篷”、“蚊帳”的“帳”；引申為賬目義，後產生其分化字“賬”表示此義。

➲ 與財物有關的“賬目”現多用“貝”旁的“賬”，少用“巾”旁的“帳”。

126 找找錯別字 ▶

那個陌生人鬼鬼崇崇的樣子，引起了大家的警覺。

126

那個陌生人鬼鬼祟祟的樣子，引起了大家的警覺。

崇 chóng　　祟 suì

崇：崇拜，崇高，崇敬
祟：鬼鬼祟祟，作祟

解碼

➲ “崇”和“祟”看上去字形相似，但構字部件不同。“崇”由“山”和“宗”構成；“祟”由“出”和“示”構成。

➲ “崇”的形旁是“山”，本義是高大，引申為重視、尊重，如“崇山峻嶺”、“推崇”、“崇尚”、“崇拜”。

➲ “祟”下邊是“示”，與鬼神有關，本指鬼怪出來害人，引申為行為不端、不光明。“鬼鬼祟祟”的“祟”不要寫作“崇”。

127 找找錯別字 ▶

春天來了，到處是桃紅柳綠，烏語花香。

127

春天來了，到處是桃紅柳綠，鳥語花香。

鳥 niǎo　　烏 wū

鳥：益鳥，驚弓之鳥，笨鳥先飛
烏：愛屋及烏，烏黑，烏溜溜

解碼

➲ “鳥”在小篆中寫作，是一隻鳥的象形，本義就是鳥。“鳥”是部首字，以鳥作形旁的字大多表示與鳥有關的意義，如“鴿”、“鵲”、“鶯”等。

➲ “烏”在小篆中寫作，像沒有眼睛的鳥，本義是烏鴉，因為烏鴉全身為純黑色，看不清眼睛，所以“烏”的寫法就沒有眼睛，比“鳥”少一橫；而且還由於烏鴉的毛色而引申出黑色的意義，如“烏黑”、“烏雲”。

128 找找錯別字 ▶

小芬是班長，重來不跟同學吵架。

128

小芬是班長，從來不跟同學吵架。

從 cóng　　重 chóng / zhòng

從：從此，順從，從頭再來
重：重要，捲土重來，久別重逢

解碼

- “從”在古文字中寫作㣺，本義是二人相隨，引申為順從、聽從等。“從長計議”、“從善如流”、“力不從心”的“從”不能用“重”。
- “重”的本義是重量大，讀 zhòng，引申為重疊、重複時讀 chóng。“重蹈覆轍”、“重溫舊夢”、“重整旗鼓”中的“重”不能換用“從”。
- “重新”和“從新”是同義詞，可換用。但“從來”與“重來”不同，“從來”指從過去到現在，“重來”則指再來。

找找錯別字▶

129

樹慾靜而風不止，我要單方面講和也做不成。

129

樹欲靜而風不止，我要單方面講和也做不成。

欲 yù　　慾 yù

慾：慾望，食慾，性慾
欲：欲言又止，搖搖欲墜，欲速則不達

解碼

- "欲"有想要、需要、將要等義，多作動詞，"欲言又止"、"搖搖欲墜"、"欲速則不達"中的"欲"不能寫作"慾"。也可作名詞，表示心中想要滿足的意念、願望。"口腹之欲"或作"口腹之慾"。

- "慾"只用作名詞，表示慾望，如"食慾"、"性慾"中的"慾"不能寫作"欲"。

130 找找錯別字 ▶

小時候，我們很喜歡老師講《魚夫和金魚的故事》。

130

小時候，我們很喜歡老師講《漁夫和金魚的故事》。

魚 yú　　漁 yú

魚：沙丁魚，釣魚，魚雷
漁：漁夫，漁船，漁竿

解碼

- “魚”在古文字中寫作，就是一條魚的象形。用“魚”作形旁的字大多與魚有關。“魚貫而入”指像魚一樣一個接一個地進入，其中的“魚”不能寫作“漁”。
- “漁”的意思是捕魚，引申為謀取不應得到的東西，如“竭澤而漁”、“漁人之利”。
- “魚具”、“魚網”或作“漁具”、“漁網”。

131

找找錯別字 ▶

因為變故促然而至，整個人羣亂得不可開交。

131

因為變故猝然而至，整個人羣亂得不可開交。

猝 cù　卒 cù / zú　促 cù

猝：猝不及防，猝然，猝發
卒：身先士卒，生卒年月
促：促進，催促，促銷，局促

解碼

➲ “猝”的本義是突然出現，如“猝然而至”、“猝不及防”、“猝死”。“匆猝”是匆促的意思，或作“匆卒”。

➲ “卒”讀 cù 的意義用法通“猝”，此義在現代的雙音節詞中多作“猝”，“卒”只用於少量詞語中，如指中風的“卒中”。“卒”讀 zú 表示士兵、結束、死亡、終於，意義用法與“猝”無關。

➲ “促”的本義是緊迫、時間短，引申為急迫、推動、靠近等，如“短促”、“急促”、“匆促”、“督促”、“促膝談心”。“倉促”或作“倉猝”。

132 找找錯別字 ▶

他這人豪不利己，專門利人，很受人尊敬。

132

他這人毫不利己，專門利人，很受人尊敬。

毫 háo　　豪 háo　　亳 bó

毫：一絲一毫，明察秋毫，毫釐不爽
豪：豪放，豪華，豪邁，豪言壯語
亳：亳州

解碼

➲ "毫"的下邊是"毛"，本義是細而尖的毛，喻指極細的東西和數量極少，如"狼毫毛筆"、"毫毛"、"毫無二致"。

➲ "豪"的下邊是"豕"，本指豪豬，轉指才能出眾的人、性格直爽、強橫等，如"豪傑"、"自豪"、"豪爽"、"巧取豪奪"。

➲ "亳"用於地名，如"亳州"。其下邊是"毛"少一橫，不要誤寫成"毫"。

133 找找錯別字 ▶
他在老教師的指導下，按步就班，循序漸進，終於完成了畢業論文。

133

他在老教師的指導下，按**部**就班，循序漸進，終於完成了畢業論文。

部 bù　　步 bù

部：全部，部隊，按部就班
步：進步，寸步難行，步步為營

解碼

- “部”有分開、統轄、類別等義。“戰略部署”、“按部就班”的“部”不能寫作“步”。
- “步”在古文字中寫作，像兩腳一前一後走路的樣子，意思是行走。“步人後塵”、“步調一致”、“步步為營”的“步”都不能寫作“部”。
- “步”的下部不是“少”，不要在右下多加一點。

134 找找錯別字 ▶

有志者事競成，通過不懈努力，她終於贏得了參加鋼琴比賽的資格。

134

有志者事竟成，通過不懈努力，她終於贏得了參加鋼琴比賽的資格。

竟 jìng　競 jìng　兢 jīng

竟：究竟，竟然，畢竟
競：競選，競技，物競天擇
兢：戰戰兢兢，兢兢業業

解碼

- "竟" 的中間是 "日"；"競" 的中間是兩個 "口"；"兢" 的上邊是兩個 "十"，不是 "立"。
- "竟" 有終結、終究等意思，如 "未竟的事業"、"畢竟"、"有志者事竟成"。
- 甲骨文中的 "競" 字寫作 [illegible]，像兩人角逐比賽的樣子。"競走"、"競賽"、"競爭" 的"競" 不能寫作"竟" 或"兢"。
- "兢" 多用於 "兢兢業業"、"戰戰兢兢" 等。

135 找找錯別字 ▶

如果現在不努力，我們的理想都只會是黃梁一夢。

135

如果現在不努力，我們的理想都只會是黃粱一夢。

梁 liáng　粱 liáng

梁：橋梁，脊梁骨，逼上梁山
粱：高粱，膏粱子弟，一枕黃粱

解碼

- “梁”的形旁是下邊的“木”，本指橋，引申為屋梁、隆起的部分，如“橋梁”、“偷梁換柱”、“棟梁”、“山梁”、“鼻梁”。表示姓氏也用“梁”。

- “粱”的形旁是下邊的“米”，本指穀子，特指穀子中的優良品種。“高粱”、“黃粱一夢”、“膏粱子弟”中的“粱”不能寫作“梁”。

知多一點：

有個盧生，在邯鄲旅店中遇見一個道士。盧生自歎窮困，道士借給他一個枕頭，要他枕着睡覺。這時店家正煮小米飯。盧生在夢中享盡了一生榮華富貴，一覺醒來，小米飯還沒有熟。後來以“黃粱一夢”比喻虛幻和不能實現的願望。

136 找找錯別字 ▶

義工們一慣堅持做善事不留名的作風。

136

義工們一貫堅持做善事不留名的作風。

貫 guàn　　慣 guàn

貫：貫徹，全神貫注，一貫
慣：習慣，慣例，慣常

解碼

➲ "貫"的基本義為貫穿，引申為用繩子串連起來的錢、錢財的大計量單位、原籍等，如"貫穿"、"融會貫通"、"腰纏萬貫"、"籍貫"等。

➲ "慣"有習以為常、縱容的意義。如"習慣"、"慣性"、"司空見慣"、"嬌生慣養"。

137 找找錯別字 ▶

庭長和賠審員們都注視着證人。

137

庭長和陪審員們都注視着證人。

陪 péi　　賠 péi

陪：陪同，作陪，奉陪
賠：賠償，賠款，索賠

解碼

- "陪"的左邊是"阝"，有在旁作伴、從旁協助的意思，如"陪伴"、"失陪"、"陪審"、"陪襯"。
- "賠"的形旁是"貝"，古代用貝殼作為貨幣，所以"賠"與財物有關，意思是補償財物，引申為補償損失、虧損等，如"賠償"、"賠本"。"賠禮道歉"、"賠罪"的"賠"指向受損害的人道歉或認錯，不能寫作"陪"。

138 找找錯別字 ▶

他在電腦上修改掃瞄的照片。

138

他在電腦上修改掃描的照片。

描 miáo　　瞄 miáo

描：描寫，描述，素描
瞄：瞄準

解碼

➲ "描"用"扌"作形旁，意義與手的動作有關，表示摹寫的意思，引申為重複塗抹。如"描摹"、"描紅"、"描繪"。

➲ "瞄"用"目"作形旁，意義與眼睛有關，表示把視力集中在一點上，如"瞄準"。

139 找找錯別字 ▶

他不喜歡吃硬的東西，所以，選了一款梘水粽。

139

他不喜歡吃硬的東西，所以，選了一款鹼水粽。

鹼 jiǎn　　梘 jiǎn

鹼：鹼水，鹼土

梘：香梘，番梘

解碼

➲ "鹼" 是一種化合物，與 "酸" 相對，主要成分是碳酸鈉。"鹼水粽"、"鹽鹼" 中的 "鹼" 不能寫作 "梘"。

➲ "梘" 多用於粵語中，指肥皂。"香梘" 是指 "香皂"，番梘是指洗衣服用的肥皂。這些"梘" 不能寫作"鹼"。

140 找找錯別字 ▶

他通常都擬好寫作題綱再開始寫作文。

140

他通常都擬好寫作提綱再開始寫作文。

提 tí　題 tí

提：提高，提醒，前提，提倡
題：問題，主題，標題，題詩

解碼

- "提"的形旁是"扌"，本義與手的動作有關，有往上移動、指出、取出等義。"提綱挈領"中"提綱"指提起網上的總繩，比喻把問題簡明扼要地提出，因此"提"不能用"題"。
- "題"的本義是額頭，引申指事物的前端，在文字之前就是"題目"，作動詞意思為寫上、簽上，"題簽"、"題名"、"題詞"中的"題"是題寫的意思，不能寫作"提"。
- "提名"指提出名字（如"奧斯卡獎提名"），"提詞"指給演員提示台詞，與"題名"、"題詞"意義不同。

找找錯別字 ▶

141

醫生很注意病人的脈膞和體溫。

141

醫生很注意病人的脈搏和體溫。

博 bó　　搏 bó　　膊 bó

博：博物館，博覽，地大物博，賭博
搏：肉搏戰，脈搏，搏擊
膊：胳膊，赤膊上陣

解碼

- "博"的左邊是"十"，意思是多、廣，作動詞時表示知道得多，借指取得，如"博得同情"、"博得掌聲"。
- "搏"的左邊是"扌"，本義與手的動作有關，引申為對打、跳動，如"搏鬥"、"拼搏"。"脈搏"是動脈的跳動，其中的"搏"不能寫作"膊"。
- "膊"的左邊是"月（肉）"，意思是肩膀，用於"胳膊"等詞中。

142　找找錯別字 ▶

房屋經過裝修粉刷，已經換然一新了。

142

房屋經過裝修粉刷，已經煥然一新了。

換 huàn　　煥 huàn

換：轉換，脫胎換骨，兑換
煥：煥然一新，精神煥發

解碼

➲ "換"的左邊是"扌"，本義是交換，引申指更換，如"換錢"、"換房"、"換衣服"等。

➲ "煥"的左邊是"火"，意思是光明、光亮。"容光煥發"、"煥然一新"中"煥發"、"煥然"都是形容有光彩，沒有更換的意思，"煥"不能寫作"換"。

143 找找錯別字 ▶

今天真是百事不宜，剛出門就裁了一跤。

143

今天真是百事不宜，剛出門就裁了一跤。

裁 cái　栽 zāi

裁：裁判，裁員，體裁，別出心裁
栽：栽培，栽贓，栽植，栽花

解碼

➲ "裁"的形旁是"衣"，表示與做衣服時的裁剪有關。本義是用刀、剪等把片狀物分成若干部分，如"裁紙"、"裁衣服"；引申為把不用的或多餘的去掉、削減、衡量判斷、控制抑止，如"裁員"、"裁判"、"獨裁"；還指文章的體制格式，如"體裁"。"別出心裁"中的"裁"不能寫作"栽"。

➲ "栽"的形旁是"木"，表示與植物種植有關。本義是栽種，如"栽樹"；引申為插上、硬安上等義，如"栽植"、"栽贓"；還表示摔倒、跌倒，如"栽跟斗"。

144 找找錯別字 ▶

畜牧場這兩年增值耕牛上千頭。

144

畜牧場這兩年增殖耕牛上千頭。

植 zhí　殖 zhí　值 zhí

植：移植，扶植，植被
殖：殖民，養殖，生殖
值：值錢，比值，值得

解碼

- "植" 的主要意義是栽種，一般用於植物，如"植樹"、"種植"、"培植"。"植皮" 的 "植" 是栽種的比喻義，不能用 "殖"。

- "殖" 的主要意義是孳生，着重在增加，不僅對植物，也對動物或財富而言，如"繁殖"、"生殖"。

- "值" 有價值、值得、輪流擔任工作等意思，如 "產值"、"不值一提"、"值班"。

- 注意 "增殖" 與 "增值" 的區別。"增殖" 是增生或繁殖的意思，後面可接賓語。"增值" 表示價值增加，後面不可再接賓語。

145　找找錯別字 ▶

上學第一天，老師發給我們新的字貼。

145

上學第一天，老師發給我們新的字帖。

貼 tiē　　帖 tiē / tiě / tiè

貼：體貼，貼身，貼切，貼心
帖：帖子，請帖，碑帖

解碼

- “貼”有粘貼、貼近、補貼、津貼等義。這些意義的“貼”不能寫成“帖”。
- “帖”的動詞和形容詞用法有服從、妥當的意義，讀tiē；這一意義也可作“貼”，如“服帖”、“妥帖”也可寫作“服貼”、“妥貼”。
- “帖”的名詞用法有通知的意義，讀tiě，如“請帖”；指拓本和樣本時讀tiè，如“字帖”。

146 找找錯別字 ▶

公園門口立着一塊小牌子，上面寫着：“請毋踐踏草地”。

146

公園門口立着一塊小牌子，上面寫着："請勿踐踏草地"。

無 wú　毋 wú　勿 wù

無：無論，無法，無數，無窮
毋：毋庸，寧缺毋濫，少安毋躁
勿：切勿，勿忘我，格殺勿論

解碼

➲"無"的主要意思是沒有、不。"旁若無人"、"體無完膚"中的"無"不能用"毋"。

➲"毋"的主要意思是不要、別。"寧缺毋濫"、"少安毋躁"中的"毋"不能用"無"。"毋寧"、"毋庸"或作"無寧"、"無庸"，但現在多用"毋寧"、"毋庸"。

➲"勿"的主要意思也是不要，它和"毋"都表示禁止或勸阻的意思，只在用法和搭配上略有不同。"勿"的前面常加"請"、"切"、"萬"等詞，如"請勿吸煙"、"切勿觸摸"、"萬勿前往"；"毋"使用範圍較窄，前面一般不用這些單字修飾。

147

找找錯別字▶

先生的教導幾十年來一直鞭冊着我不斷進步。

147

先生的教導幾十年來一直鞭策着我不斷進步。

策 cè　　冊 cè

策：決策，策略，策馬前進
冊：畫冊，史冊，冊封

解碼

- "策"的本義是竹製馬鞭，引申為用鞭子打、計謀等，如"鞭策"、"計策"、"束手無策"、"獻計獻策"。
- "冊"的本義是簡冊，如"史冊"、"畫冊"、"紀念冊"。古代"策"常借為"冊"，因此在古漢語中，"冊封"、"冊命"、"簡冊"的"冊"或作"策"，但現代大多不這樣使用。

148 找找錯別字 ▶

徐悲鴻畫的馬非常傳神。

148

徐悲鴻畫的馬非常傳神。

傅 fù　　傳 chuán / zhuàn

傅：師傅，太傅
傳：傳統，流傳，自傳

解碼

- “傅”的本義是輔助、教導，引申為負責教導的人，如“師傅”。“師傅”的“傅”不能寫成“付”。
- “傳”的名詞用法讀 zhuàn，如“傳記”、“自傳”、“經傳”；動詞用法讀 chuán，如“傳達”、“傳神”、“傳染”。

149　找找錯別字 ▶

他在醫術上精益求精，很快就被進升為主治醫生。

149

他在醫術上精益求精，很快就被晉升為主治醫生。

進 jìn　近 jìn　晉 jìn

進：進行，前進，上進心，以退為進
近：附近，親近，接近，不近情理
晉：晉級，晉見，晉升，秦晉之好

解碼

➲ "進"的意思與"退"或"出"相對；"近"的意思與"遠"相對。"進來"與"近來"、"走進"與"走近"意思不同；"循序漸進"的"進"表示前進，不能寫作"近"。

➲ "晉"的本義與"進"相近，還可表示"升"的意思，如"晉升"不能寫作"進升"。"進見"的意思是上前去見，屬通用詞語；"晉見"義同，具書面語色彩，用於更莊重的場合。

150 找找錯別字 ▶

要做到這一點，必需具備幾個條件。

150

要做到這一點，必須具備幾個條件。

須 xū　　需 xū

須：必須，旅客須知，無須
需：需要，需求，急需，供需

解碼

- “須”的主要用法是作副詞，是必須的意思，如“務須”、“須知”中的“須”都是必須的意思，不能寫作“需”。
- “需”的主要用法是動詞和名詞，表示需要或需要的東西，如“按需分配”、“軍需物品”中的“需”都是需要的意思，不能寫作“須”。
- “必須”是副詞，表示事理上和情理上一定要的意思；“必需”是動詞，表示必定需要、不可缺少的意思。
- “須要”是一定要的意思；“需要”主要是應該有的意思，還能作名詞使用。

151 找找錯別字▶

自從自己開辦工廠後，他家的收入比以前翻了兩翻。

151

自從自己開辦工廠後，他家的收入比以前翻了兩番。

番 fān　　翻 fān

番：三番五次，輪番，番茄
翻：推翻，人仰馬翻，翻山越嶺

解碼

- "番"現在的主要用法是作量詞，表示回、次、遍，如"大幹一番"、"三番五次"。
- "翻"現在的主要用法是作動詞，表示反轉、改變、翻譯、翻臉等義，如"翻跟斗"、"翻案"、"把英文翻成中文"、"他倆鬧翻了"。
- "翻兩番"中"翻"是指成倍增加，"番"表示增加的倍數，兩者不能互換。

152 找找錯別字 ▶

人口膨漲可能導致嚴重的社會危機。

152

人口膨脹可能導致嚴重的社會危機。

脹 zhàng　　漲 zhǎng / zhàng

脹：膨脹
漲：高漲，漲潮

解碼

➲ "脹" 是 "月（肉）" 旁，本義與身體有關，指體內有充塞不舒服的感覺，如 "肚子脹"、"腫脹"；"頭昏腦脹" 的 "脹" 或作 "漲"。引申為物體變大，如 "膨脹"；"熱脹冷縮" 的 "脹" 或作 "漲"。

➲ "漲" 是 "氵" 旁，本義與水有關，指水位升高，引申指價格提高，讀 zhǎng，如 "漲潮"、"水漲船高"、"漲價"。又引申指固體吸收液體後體積增大、頭部充血等，讀 zhàng，如 "豆子泡漲了"、"漲紅了臉"。

153 找找錯別字▶

神醫自然名不虛傳，很快病人就脾肉復生。

153

神醫自然名不虛傳，很快病人就髀肉復生。

脾 pí　　髀 bì

脾：脾氣，脾性，脾臟
髀：大髀，撫髀長歎，髀肉復生

解碼

- "脾" 與 "髀" 是兩個不同的身體器官。
- "脾" 是人或高等動物的內臟之一，在胃的左側。由於脾是貯血和產淋巴球與抗體的器官，有調節新陳代謝的作用，能夠影響人的性情。"脾氣"、"脾性" 都指性情。
- "髀" 指大腿，也指大腿骨。"大髀"、"髀肉" 中的 "髀" 不能寫作 "脾"。

154　找找錯別字 ▶

他很善於在文章中運用各種修詞技巧。

154

他很善於在文章中運用各種修辭技巧。

詞 cí　　辭 cí

詞：虛詞，名詞，題詞
辭：辭職，義不容辭，與世長辭

解碼

➲ "詞"本指言詞、語句，引申為一種長短句押韻的文體名稱。如"詞彙"、"歌詞"、"詩詞"。

➲ "辭"本指口供；引申出言詞、文詞義，後代多用"詞"表示；還可指古典文學的一種體裁，如"辭賦"的"辭"；又引申指精心修飾過的言詞，如"修辭"的"辭"不用"詞"。"辭"的動詞義均不能用"詞"，如"推辭"、"告辭"、"辭退"。

➲ 在言詞義上，"詞"和"辭"屬同義詞，由此構成的合成詞有的為異形詞，如"詞典"、"詞不達意"中的"詞"可換作"辭"；"辭藻"、"辭令"、"義正辭嚴"中的"辭"也可換作"詞"。

155

找找錯別字▶

蒙古人是生活在馬背上的遊牧民族，勇猛擅戰。

155

蒙古人是生活在馬背上的遊牧民族，勇猛善戰。

善 shàn　　擅 shàn

善：善於，慈善，善罷甘休

擅：擅自，擅長

解碼

➲ "善"的本義是好、美好，引申為友好、處理好、能做好、容易等義，如"善良"、"盡善盡美"、"善於辭令"、"勇猛善戰"、"善忘"。

➲ "擅"的本義是獨攬，引申為超越職權自作主張、長於某事等義，如"擅離職守"、"擅自行動"中"擅"是自作主張的意思，"擅長化學"、"不擅美術"中的"擅"是長於某事的意思，都不能寫作"善"。

➲ "擅"不與"於"組合，"善於"不能寫作"擅於"。

156 找找錯別字 ▶

微風過處，送來縷縷清香，彷彿遠處高樓上緲茫的歌聲似的。

156

微風過處，送來縷縷清香，彷彿遠處高樓上渺茫的歌聲似的。

渺 miǎo　　緲 miǎo

渺：渺茫，浩渺，飄渺
緲：縹緲

解碼

- "渺" 的形旁是 "氵"，"緲" 的形旁是 "糹"。
- "渺" 有模糊不清、微小的意義，如 "渺茫"、"渺無人跡"、"渺小"。
- "緲" 組成的詞是"縹緲"，形容隱隱約約、若有若無，如 "虛無縹緲"、"雲霧縹緲"。"縹緲" 或作 "飄渺"。

157

她處事很圓滑。

滑 huá　　猾 huá

滑：滑稽，光滑，滑雪，油腔滑調
猾：狡猾，老奸巨猾

解碼

- "滑"的左邊是"氵"旁，"猾"的左邊是"犭"旁。
- "猾"是狡猾的意思。"滑"的本義是光滑；作動詞時指滑動；因它與"猾"同音，也借用表示狡猾義，特別是在表示不老實、圓滑義時多用，如"油滑"、"圓滑"、"滑頭"、"滑頭滑腦"中現在一般用"滑"；而"老奸巨猾"中習慣上用"猾"；"奸猾"也寫作"奸滑"。

158 找找錯別字 ▶

他性情豪爽，交游廣泛，朋友真可以說是來自五湖四海。

158

他性情豪爽，交遊廣泛，朋友真可以說是來自五湖四海。

游 yóu　　遊 yóu

游：游泳，上游，游程
遊：遊園，遊説，遊戲，遊擊，遊刃有餘

解碼

➲ “游” 的形旁是 “氵”，表示與水有關。人或動物在水裏行動，江河的一段都叫作 “游”。“游泳”、“上游”、“下游” 中的 “游” 不能寫作 “遊”。

➲ “遊” 的形旁是 “辶”，表示與行走有關，是由 “游” 引申而來。表示來往、郊遊、經常移動的、不固定的等義，如 “遊行”、“遊民”、“遊擊”、“遊刃有餘”。

159　找找錯別字▶

成績歸成績，責任歸責任，不可渾為一談。

159

成績歸成績，責任歸責任，不可混為一談。

渾 hún　　混 hún / hùn

渾：渾圓，雄渾，渾然一體
混：混沌，混雜，魚目混珠

解碼

- "渾"有水污濁不清、糊塗、天然的、全的意思。如"渾水"、"渾渾噩噩"、"渾厚"、"渾身"。
- "混"讀 hùn 時有摻在一起、苟且的意思，如"混合"、"混亂"、"混淆"、"混為一談"、"魚龍混雜"、"混日子"等。
- "混"讀 hún 時也有水污濁不清的意思，因此"渾水摸魚"的"渾"或作"混"。
- "渾濁"或作"混濁"，其中"混"習慣上讀 hùn。

160 找找錯別字 ▶

那個裸體的皇帝在遊行受到嘲笑後腦羞成怒。

160

那個裸體的皇帝在遊行受到嘲笑後惱羞成怒。

惱 nǎo　　腦 nǎo

惱：惱怒，氣惱，惱羞成怒
腦：頭腦，首腦，腦海

解碼

➲ "惱" 的形旁是 "忄"，本義與心理狀態有關，可表示惱怒、煩悶的意思，如 "惱火"、"煩惱"、"懊惱"、"苦惱"。"惱羞成怒" 的 "惱" 不能寫成 "腦"。

➲ "腦" 的左邊是 "月(肉)"，意思是大腦，引申為腦的活動、像腦一樣的事物。如 "動腦筋"、"電腦"。

161　找找錯別字 ▶

科學家們應該拓展視野，不要劃地為牢，自己束縛自己。

161

科學家們應該拓展視野，不要畫地為牢，自己束縛自己。

畫 huà　劃 huà　划 huá

畫：繪畫，畫餅充飢，簽字畫押
劃：規劃，出謀劃策，劃時代，整齊劃一
划：划船，划拳，划算

解碼

➲ “畫”的本義是劃分界線，此義後來用“劃”表示。引申為描畫、圖、漢字的一筆等義，如“畫地為牢”、“畫蛇添足”、“畫龍點睛”、“圖畫”、“書畫”中的“畫”，不能寫作“劃”。“筆畫”或作“筆劃”，現在多用“筆畫”。

➲ “劃”讀 huà，表示劃分、設計、籌劃等義。

➲ “划”讀 huá，表示划船、划槳等義。

162 找找錯別字 ▶

新明做事缺乏恆心，常常半途而費，這種毛病應該改正。

162

新明做事缺乏恆心，常常半途而廢，這種毛病應該改正。

費 fèi　　廢 fèi

費：經費，耗費，費勁
廢：廢話，頹廢，因噎廢食

解碼

➲ "費"的形旁是"貝"，本義是用掉錢財，引申為消耗，如"花費"、"消費"中的"費"是用掉錢財的意思，"浪費"、"枉費心機"、"煞費苦心"中的"費"是消耗的意思，不能寫作"廢"。

➲ "廢"的形旁是"广"，本義是房屋坍塌，引申為無用的、不再使用、停止等義。"廢水"的"廢"是無用的意思，"作廢"、"荒廢"、"百廢待興"的"廢"是不再使用的意思，"半途而廢"的"廢"是停止的意思，都不能寫作"費"。

163 找找錯別字▶

敵人的暴行令人發指。

163

敵人的暴行令人髮指。

發 fā　　髮 fà

發：發現，發展，先發制人
髮：白髮，千鈞一髮，令人髮指

解碼

- “發”和“髮”的簡體字都寫作“发”；但在繁體字系統中，它們是兩個不同的字，讀音也不同。

- “發”的本義是把箭射出去，引申為發射、出發、產生等，如“百發百中”、“整裝待發”、“發電”，其中的“發”都不能寫作“髮”。

- “髮”的本義是頭髮。成語有“怒髮衝冠”、“鶴髮童顏”、“千鈞一髮”等。

164 找找錯別字 ▶

這些珍貴的原始數據，至今還無人通計。

164

這些珍貴的原始數據，至今還無人統計。

統 tǒng　　通 tōng

統：總統，統一，統計，統領
通：通過，普通，通知，通訊

解碼

- "統" 表示事物一脈相承的關係、總括、管轄等義，如"系統"、"傳統"、"統計"、"統治"。"統觀" 是總體看的意思。

- "通" 本義是通達無阻隔，引申有連接、傳達、了解、通順、通常、全部等義，如 "四通八達"、"通風報信"、"一竅不通"、"文理不通"、"通宵達旦"。"通觀" 是全面看的意思。

- 注意區分 "統稱" 與 "通稱"。"統稱" 是總起來叫做，或指總的名稱；"通稱" 是通常叫做，或指通常的名稱。

165

找找錯別字 ▶

他做事脚踏實地，從不投機取巧，很讓人放心。

165

他做事腳踏實地，從不投機取巧，很讓人放心。

塌 tā　踏 tā / tà　蹋 tà

塌：倒塌，一塌糊塗，死心塌地
踏：糟踏，踏足，踏板
蹋：糟蹋

解碼

- “塌”的意思是塌倒、下垂。如“塌方”、“坍塌”、“塌陷”、“塌台”。
- “踏”的主要意思也是踩，讀 tà。“踏步”、“腳踏實地”、“踐踏”的“踏”不能寫成“蹋”。“踏”還可讀 tā，用於“踏實”，也可寫作“塌實”。
- “蹋”的意思是踩、踏。現在主要用於雙音節詞“糟蹋”當中。“糟蹋”也可寫作“糟踏”。

166　找找錯別字 ▶

後來兩個部族竟誓不兩立，以干戈相見。

166

後來兩個部族竟勢不兩立，以干戈相見。

勢 shì　　誓 shì

勢：形勢，勢力，勢利，優勢
誓：宣誓，信誓旦旦，山盟海誓

解碼

- "勢"有權利、呈現出的情況、樣子等義，如"權勢"、"仗勢欺人"、"局勢"、"趨勢"、"裝腔作勢"。"勢不兩立"、"勢在必行"中的"勢"表示呈現出的情勢，不能寫作"誓"。

- "誓"有表示決心依照執行、表示決心的話等意思，如"誓師"、"誓言"。"誓不罷休"的"誓"不能寫作"勢"。

167 找找錯別字 ▶

本來好好的婚禮，就這樣被他一搞局，全亂了。

167

本來好好的婚禮，就這樣被他一攪局，全亂了。

搞 gǎo　　攪 jiǎo

搞：搞鬼，搞定，搞建設，搞衛生
攪：攪動，攪拌，攪亂，打攪

解碼

- "搞"有做、幹、從事、弄、設法獲得、作弄等義，如"搞衛生"、"搞材料"、"搞鬼"。
- "攪"指攪拌、擾亂、打擾，如"攪勻"、"攪局"、"打攪"。
- "搞"和"攪"都有弄的意思。"搞"側重設法弄到，"攪"則側重讓秩序發生混亂，兩者意思不一樣。

168 找找錯別字 ▶

他以年輕人的果敢乾練，克服了許多困難。

168

他以年輕人的果敢**幹**練，克服了許多困難。

幹 gàn　　乾 gān

幹：幹活，才幹，幹練
乾：乾旱，乾澀，嘴乾舌燥

解碼

- “幹” 有主幹、主要部分等意思，如“樹幹”、“幹部”。也作動詞，表示做，如“幹活”。
- “乾” 表示沒水分或水分少、空虛等意思，如“乾洗”、“乾淨”、“餅乾”、“乾脆”、“乾杯”、“外強中乾”。

知多一點：

“乾” 還可讀作 qián，在簡化字系統中仍寫作 “乾”，不能寫作 “干”。“乾” 是八卦之一，代表天。“乾坤” 一詞，象徵天地、陰陽等。

169 找找錯別字

他們的英雄氣慨不能不令人欽佩。

169

他們的英雄氣**概**不能不令人欽佩。

概 gài　　慨 kǎi

概：概念，概率，氣概，一概而論
慨：感慨，慷慨激昂，慨歎

解碼

➲ "概" 的左邊是 "木" 旁，"慨" 的左邊是 "忄" 旁。

➲ "概" 有總括、大略、一律、氣度等義，如 "概括"、"大概"、"一概否定"、"英雄氣概"。

➲ "慨" 有激昂、憤激、慨歎、不吝惜等義，如 "憤慨"、"感慨"、"慷慨"。

170 找找錯別字 ▶

我這樣追你債，也不是我自願的，我是迫上梁山。

170

我這樣追你債，也不是我自願的，我是逼上梁山。

逼 bī　　迫 pò

逼：威逼，逼債，逼近，寒氣逼人，逼良為娼
迫：迫切，強迫，迫害，迫使，迫不得已，迫不可待

解碼

- “逼”表示給人以威脅、強迫索取、靠近接近等義，如“威逼”、“逼供”、“逼上梁山”、“逼真”，“逼”可帶賓語，也可不帶賓語。
- “迫”表示強迫、急促、接近等義，如“迫不得已”、“迫切”、“迫降”、“迫近”。“迫”一般不帶賓語。“被迫”不能寫作“被逼”。
- 表示急促、緊急時只用“迫”，如“迫在眉睫”；表示事物很相像、很接近只用“逼”，如“逼真”。
- “逼近”或作“迫近”。

171 找找錯別字▶

先遣隊員們英勇頑強，在搶險中以一擋十。

171

先遣隊員們英勇頑強，在搶險中以一當十。

當 dāng　擋 dǎng　檔 dàng

當：應當，一馬當先，以一當十
擋：擋住，阻擋，抵擋
檔：檔案，歸檔，檔次

解碼

➲ "當"的基本義是兩兩相當，如"門當戶對"、"旗鼓相當"。引申為抵擋，如"以一當十"；但此義後來多寫作"擋"，如"螳臂當車"也可寫作"螳臂擋車"。

➲ "擋"的意義是阻攔，左面比"當"多個"扌"旁，表示攔擋與手有關，如"阻擋"、"遮擋"。

➲ "檔"的基本義是存放案卷的帶格櫥架，它的形旁是"木"，因存放案卷的帶格櫥架最初是木質的。

172 找找錯別字 ▶

想起兒子遠在他鄉，老媽媽躺在病牀上不禁暗然神傷。

172

想起兒子遠在他鄉，老媽媽躺在病牀上不禁黯然神傷。

暗 àn　　黯 àn

暗：昏暗，黑暗，暗地裏，暗示
黯：黯然，黯黑

解碼

- "暗"的本義為日無光，跟"明"義相反，如"光線太暗"、"暗室"、"陰暗"、"天昏地暗"。
- "黯"的本義為深黑，引申為昏暗，現已不單用，僅能組成少數詞語，如"黯然失色"、"黯然銷魂"。
- "暗淡"和"黯淡"是近義詞，都可表示昏暗的意思，但"黯淡"有時帶書面語色彩和缺少生氣的意味。

173 找找錯別字 ▶

夕陽的餘輝照在湖面上，發出閃閃的波光。

173

夕陽的餘暉照在湖面上，發出閃閃的波光。

暉 huī　　輝 huī

暉：餘暉，斜暉，寸草春暉
輝：金碧輝煌，蓬華生輝

解碼

- “暉”的左邊是“日”，本義是日光、陽光，如“朝暉”、“春暉”。
- “輝”的左邊是“光”，本義是閃耀的光彩，引申為照耀，如“光輝”、“輝煌”。“輝映”或作“暉映”，現在多用“輝映”。

174 找找錯別字 ▶

人們緬懷孫中山先生的豐功偉跡，對這位前輩充滿了敬仰之情。

174

人們緬懷孫中山先生的豐功偉績，對這位前輩充滿了敬仰之情。

跡 jì　績 jì

跡：蹤跡，軌跡，絕跡，跡象
績：成績，業績，功績，戰績

解碼

➲ "跡"的形旁是"足"，本義是腳印，引申為痕跡、事跡、遺跡等，如"足跡"、"筆跡"、"蛛絲馬跡"、"銷聲匿跡"、"人間奇跡"、"古跡"。

➲ "績"的本義是把麻搓捻成線或繩，引申為功業、成果等，如"業績"、"成績"、"功績"、"豐功偉績"。

175 找找錯別字 ▶

當年圓明圓的各類建築物都造得美輪美奐，可惜被侵略者一把大火燒光了。

175

當年圓明園的各類建築物都造得美輪美奐，可惜被侵略者一把大火燒光了。

園 yuán　　圓 yuán

園：幼稚園，校園，家園
圓：方圓，團圓，五圓錢

解碼

- "園"的方框內是"袁"，"圓"的方框內是"員"。
- "園"的本義是種植果木的地方，引申為種樹、種菜的地方和供人遊覽娛樂的地方，如"園林"、"果園"、"花園"、"公園"、"園丁"。
- "圓"的本義是圓形，引申為完備、周全。"圓規"、"圓滿"、"圓潤"、"自圓其說"的"圓"不能寫作"園"。

176 找找錯別字 ▶

我們應開源截流，齊心協力渡過難關。

176

我們應開源節流，齊心協力渡過難關。

節 jié　　截 jié

節：節目，季節，情節，節衣縮食
截：截止，斬釘截鐵，截然不同，直截了當

解碼

➲ “節”的本義是竹節，引申有段落、刪節、節制等義。“第二章第一節”的“節”是段落的意思；“節選”、“節錄”的“節”是刪節的意思；“開源節流”的“節”是節制的意思，都不能寫作“截”。

➲ “截”的本義是截斷，引申為段、阻攔等義。如“截流工程”、“截留貨款”、“截稿日期”、“乾了半截”。

177 找找錯別字 ▶

鍾志被授與“傑出青年”的光榮稱號。

177

鍾志被授予“傑出青年”的光榮稱號。

與 yǔ / yù　　予 yǔ

與：參與，與其，與日俱增
予：予以，賦予，賜予，生殺予奪

解碼

- “與”的本義是給，讀 yǔ，如“與人方便”；引申為參加、參與，讀 yù，如“與（yù）會”、“積極參與（yù）”、“努力與（yǔ）否”。

- “予”讀 yǔ 時也有給的意思，“授予”、“予以”、“予人口實”的“予”不能寫作“與”。

178　找找錯別字 ▶

禮兵深情地對着國微敬了一個禮。

178

禮兵深情地對着國徽敬了一個禮。

微 wēi　徵 zhēng　徽 huī

微：微笑，微弱，微不足道
徵：特徵，徵求，徵集
徽：國徽，徽章，安徽

解碼

➲ "微"、"徵"、"徽" 中間的下部寫法不同，分別是 儿、王、糸。

➲ "微" 有細小、深奧、地位低下等義，如 "細微"、"防微杜漸"、"微妙"、"低微"。

➲ "徵" 有召集、收取、尋求、現象等義，如 "徵兵"、"徵稅"、"徵婚"、"徵兆"。

➲ "徽" 的主要意義是標誌。如 "徽章"、"校徽"、"隊徽"。

179 找找錯別字 ▶

孫悟空識破了妖怪的鬼計。

179

孫悟空識破了妖怪的詭計。

詭 guǐ　　鬼 guǐ

詭：詭異，詭辯，詭計多端
鬼：魔鬼，疑神疑鬼，神出鬼沒

解碼

- "詭"有奇異的意思，如"詭怪"指奇異怪誕；還有欺詐的意思。"詭辯"、"詭計多端"、"行蹤詭秘"、"陰險詭詐"中的"詭"不能寫成"鬼"。
- "鬼"有鬼神的意思，如"鬼使神差"、"妖魔鬼怪"。還有陰險、不光明等義，如"鬼頭鬼腦"、"鬼鬼祟祟"都表示不光明正大。

180　找找錯別字 ▶

她站在鏡子前邊，仔細地端祥着自己。

180

她站在鏡子前邊，仔細地端**詳**着自己。

詳 xiáng　　祥 xiáng

詳：安詳，詳盡，耳熟能詳
祥：吉祥，慈祥，發祥地

解碼

- "詳"的形旁是"言"，本義為細論，基本義是詳細，引申為審慎、穩重等，如"詳談"、"詳略得當"、"周詳"、"端詳"。"安詳"的"詳"是穩重的意思，通常用"詳"，不用"祥"。

- "祥"的形旁是"礻"，本指有關吉凶的徵兆，由吉兆引申為吉利，如"吉祥"、"慈祥"、"祥和"。

181　找找錯別字 ▶

她收到媽媽從鄉下寄來的包裹。

181

她收到媽媽從鄉下寄來的包裏。

裏 lǐ　　裹 guǒ

裏：裏面，這裏，表裏如一
裹：包裹，裹緊，裹足不前

解碼

➲ “裏”和“裹”中部不同，“裏”中部是“里”，“裹”中部是“果”。

➲ “裏”是形聲字，中間的“里”是聲符，上部和下部合在一起為“衣”，是它的意符，本義指衣服的內層。

➲ “裹”也是形聲字，中間的“果”是聲符，“衣”是意符，意思是包、纏。

182　找找錯別字 ▶

他生怕辭不達義，所以反覆向我們解釋。

182

他生怕辭不達意，所以反覆向我們解釋。

義 yì　　意 yì

義：人道主義，仁義，反義詞，義無反顧
意：好主意，如意，意外，三心二意

解碼

➲ "義"的基本義是正義，也可表示意義。"義不容辭"、"義正詞嚴"的"義"是正義的意思，不能用"意"；"含義"指（詞句等）所包含的意義，"字義"指字所包含的意義，其中的"義"也不能寫作"意"。

➲ "意"的本義是心中的想法，也可表示意思，如"出主意"、"意味深長"。"含意"指（詩文、說話等）含有的意思；"辭不達意"中"意"指的是內心的想法意思，不能寫作"義"。

183

找找錯別字 ▶

老師要引道學生全面發展。

183

老師要引導學生全面發展。

道 dào　　導 dǎo

道：知道，道理，道德
導：領導，導演，開導

解碼

- "道" 的本義為道路，引申為方向、途徑、道理等，如 "行人道"、"志同道合"。
- "導" 比 "道" 下部多個 "寸"，古文像用手牽着人走路，本義為引路，泛指引導，引申為啟發、開導等，如 "嚮導"、"傳導"。
- 在 "報道" 和 "報導" 中，兩者都可以用，意思相同，表示新聞稿或把新聞告訴大眾。

184　找找錯別字 ▶

爸爸工作煩忙，很少有時間陪我玩。

184

爸爸工作繁忙，很少有時間陪我玩。

煩 fán　　繁 fán

煩：麻煩，耐煩，不厭其煩
繁：頻繁，繁殖，繁花似錦

解碼

- “煩”有苦悶急躁、多而亂等義，如“煩躁”、“煩悶”、“煩惱”、“心煩意亂”、“要言不煩”。
- “繁”有多而複雜、繁殖等義，如“繁多”、“繁忙”、“繁重”、“繁榮”、“繁華”、“繁衍”。
- “煩”和“繁”在多的意義上相通。“繁難”、“繁雜”、“繁亂”中的“繁”或作“煩”;“煩瑣”、“煩冗”中的“煩”或作“繁”。

185 找找錯別字▶

惠民在辯論中口若懸河，滔滔不絕。

185

惠民在辯論中口若懸河，滔滔不絕。

滔 tāo　　滔 ☒　　𣸎 ☒

解碼

- "滔"的右邊是"舀"，不是"臽"或"臿"。"舀"、"臽"、"臿"三個字形都與"臼"有關，"臼"表示坑。
- "舀"上面是"爫"，表示手。"舀"意思是用手從臼中取東西。
- "臽"上面是"⺈"，表示人。"臽"意思是人掉在坑裏。
- "臿"像有把兒的器具在臼中，意思是舂去皮殼，也可舂稻、穀等。

知多一點：

以"舀"做部件的字有：滔（滔滔不絕），蹈（手舞足蹈），稻（稻穀）
以"臽"做部件的字有：陷（陷阱、陷害），餡（肉餡包子）
以"臿"做部件的字有：插（插秧、插嘴），鍤（指一種掘土的工具）

186 找找錯別字 ▶

他的文章觀點和材料水乳交溶，得到了很好的統一。

186

他的文章觀點和材料水乳交融，得到了很好的統一。

溶 róng　　融 róng

溶：溶液，溶洞，溶劑
融：融資，融通，水乳交融

解碼

- "溶"的意思是在水或其他溶劑中化開，由"溶"組成的詞語多與水和其他液體有關。如"溶洞"、"溶液"、"溶解"。
- "融"的常用義是固體受熱變軟或變為流體，還可表示幾種不同事物合成一體、流通的意思，如"融洽"、"融合"、"融會貫通"、"水乳交融"、"金融"。
- "融解"和"溶解"意思不同，"融解"是指融化，如"積雪融解了"；"溶解"是指一種物質均勻地分散在另一種物質中，如"藥片在水中溶解了"。
- "溶化"和"融化"都可表示冰雪等變成水，如"冰雪融化／溶化了"；但"溶化"還可表示固體溶解，如"糖在水裏溶化了"，其中"溶化"不可寫作"融化"。

找找錯別字▶

187

他做出這個決定是經過了慎密的思考的。

187

他做出這個決定是經過了縝密的思考的。

慎 shèn　　縝 zhěn

慎：謹小慎微，審慎，慎獨

縝：縝密，嚴縝

解碼

➲ "慎"的形旁是"忄"，本義與心理狀態有關，表示小心的意思，如"慎重"、"謹慎"。

➲ "縝"的形旁是"糹"，是周密細緻的意思，"縝密"的"縝"不能寫作"慎"。

188 找找錯別字 ▶

塞翁失馬，安知非福。

188

塞翁失馬，安知非福。

福 fú　福 ☒

解碼

➲ "福" 的左邊是"礻"，不是"衤"。"礻" 是"示" 的變形，四畫；"衤" 是 "衣" 的變形，比 "礻" 多一點，五畫。

➲ "礻" 旁的字多與鬼神、祭祀等有關。古人認為禍福由神靈主宰，所以 "禍、福、祥" 等都是 "礻" 旁。"禮" 本指祭祀時對神靈的尊敬，引申為禮貌、禮節、禮物等。

➲ "衤" 旁的字與衣服有關。"裙、袖、被" 都是"衤" 旁。"初" 本義指用刀開始裁製衣服，引申為事情的開始。

知多一點：

"礻" 旁的字：祈，祝，祖，禪
"衤" 旁的字：袒，袍，補，裸

189 找找錯別字 ▶

故鄉的那輪明月，是那樣的明亮，是那樣的晶瑩剔透，純潔無暇。

189

故鄉的那輪明月，是那樣的明亮，是那樣的晶瑩剔透，純潔無瑕。

遐 xiá　暇 xiá　瑕 xiá

遐：聞名遐邇，遐想，遐思
暇：無暇顧及，目不暇接，應接不暇
瑕：白璧無瑕，瑕疵，瑕不掩瑜

解碼

➲ "遐"是遠的意思，也可表示長久，如"遐邇"、"遐想"、"遐齡"。

➲ "暇"是"日"作形旁，意義與時間有關，是空閒時間的意思，用於"閒暇"、"自顧不暇"等詞語。

➲ "瑕"的形旁是"王（玉）"，意義與玉有關，本義是帶赤色的玉石，轉指玉石上的斑點。"瑕疵"、"白璧無瑕"的"瑕"不能寫作"暇"。

190 找找錯別字 ▶

比賽一開始，主隊先聲奪人，踢進一球，殿定了勝局。

190

比賽一開始，主隊先聲奪人，踢進一球，奠定了勝局。

殿 diàn　　奠 diàn

殿：殿下，殿後，殿軍
奠：奠基，奠定，祭奠

解碼

- "殿"是指供奉神佛或帝王受朝理事的房屋，還有最後的意思，如"佛殿"、"殿堂"、"殿後"。
- "奠"有建立、用祭品向死者致祭等義，如"奠基"、"奠酒"、"祭奠"。"奠定基礎"的"奠"不能寫作"殿"。

191 找找錯別字▶

他的見解精辟深刻，有獨到之處。

191

他的見解精闢深刻，有獨到之處。

辟 bì　僻 pì　闢 pì

辟：復辟，辟邪，辟穀
僻：僻靜，乖僻，冷僻
闢：開闢，獨闢蹊徑

解碼

➲ "辟"可指執法的君主，"復辟"的意思是失位的君主復位，其中的"辟"不能寫作"僻"。

➲ "僻"可表示地域偏僻、文字冷僻、性情古怪等義，如"窮鄉僻壤"、"僻靜"、"生僻"、"孤僻"。

➲ "闢"有開闢、透徹、駁斥不正確的言論等義，"開天闢地"、"精闢"、"闢謠"不要寫作"辟"或"僻"。

192 找找錯別字 ▶

她那弱不經風的樣子，讓人看了很是愛憐。

192

她那弱不禁風的樣子，讓人看了很是愛憐。

經 jīng　　禁 jīn / jìn

經：經久不息，經典，經驗，漫不經心
禁：禁止，禁忌，忍俊不禁

解碼

➲ “經” 本義是編織物的縱線，與 “緯” 相對。引申為經過、經歷等義，如 “身經百戰”、“飽經風霜”。還引申為禁受義，如 “經得起考驗”。

➲ “禁” 的本義是禁忌。引申為禁止的事、拘押等義，讀 jìn，如 “嚴禁入內”、“禁閉”、“監禁”。還引申為承受、忍耐等義，讀 jīn，如 “弱不禁風”、“情不自禁”、“禁得起”、“禁不住”。

➲ “經受” 和 “禁受” 都有承受下來的意思，但有區別。“經受” 強調有忍受過程，施動者人和物均可，如 “他經受過多次打擊”、“大壩經受了洪水的考驗”。“禁受” 指能忍受住，施動者大多是人，如 “他禁受了殘酷的折磨”。

193 找找錯別字▶

他焦急地摧促大家，可是誰也不肯走。

193

他焦急地催促大家，可是誰也不肯走。

摧 cuī　　催 cuī

摧：摧殘，堅不可摧，摧枯拉朽
催：催促，催眠曲，催討

解碼

➲ “摧” 的形旁是 “扌”，本義與手的動作有關，有折斷、破壞等義，如“摧枯拉朽”、“摧殘”、“摧毀”、“無堅不摧”。

➲ “催” 的形旁是 “亻”，本義與人有關，表示叫人趕快行動或做某事，引申為使事物的變化加快，如 “催促”、“催眠”、“催化劑”。

194　找找錯別字 ▶

這樣做真有些得不嘗失。

194

這樣做真有些得不償失。

嘗 cháng 賞 shǎng 償 cháng

嘗：品嘗，臥薪嘗膽，何嘗
賞：獎賞，觀賞，賞心悦目
償：補償，報償，得不償失

解碼

- "嘗"的"尚"字頭下是"旨"，不是"日"；"賞"的"尚"字頭下是"貝"；"償"比"賞"多個"亻"旁。

- "嘗"的形旁是"旨"，"旨"表示甘美，"嘗"的本義是辨別滋味，如"品嘗"。由品嘗引申為試探、曾經的意思，如"嘗試"、"未嘗"。

- "賞"的形旁是"貝"，本義與財物有關，表示把財物賜給人，引申為讚賞、欣賞等。如"賞賜"、"賞識"、"鑒賞"。

- "償"是歸還的意思，債需要人去還，因此"償還"、"賠償"都用"亻"旁的"償"。

195

找找錯別字 ▶

商紂王荒淫暴虐，草管人命。

195

商紂王荒淫暴虐，草菅人命。

管 guǎn　　菅 jiān

管：儘管，保管，管中窺豹
菅：草菅人命

解碼

➲ “管” 和 “菅” 字形相似，所以容易用錯。

➲ “管” 的上邊是 “⺮”，意義與竹子有關，本義指竹管或竹管製品。此外有管理、約束、過問等意思，如“主管”、“管教”、“管閒事”。

➲ “菅” 的上邊是 “艹”，意義與草有關，本義是菅草（茅的一種）。“草菅人命” 的意思是把人的生命看得像菅草一樣輕，其中的 “菅” 不能寫作 “管”。

196 找找錯別字 ▶

大禹治水的精神永遠值得人們讚誦。

196

大禹治水的精神永遠值得人們讚**頌**。

誦 sòng　　頌 sòng

誦：朗誦，背誦，過目成誦
頌：稱頌，頌揚，歌功頌德

解碼

- "誦"用"言"作形旁，意義與言語有關。"誦"的本義是背誦，引申為朗誦、述説等，如"誦讀"、"過目成誦"。
- "頌"的常用義是讚揚，如"讚頌"、"歌頌"的"頌"。
- "傳誦"與"傳頌"意義用法有別。"傳誦"是輾轉傳佈誦讀，對象多是詩文等，沒有讚揚的意思；"傳頌"是輾轉傳佈頌揚，對象多是不平凡的英雄人物或事跡。

197 找找錯別字▶

看到這個不肖之子虐待老母親，他怒不可竭，衝上前去。

197

看到這個不肖之子虐待老母親，他怒不可遏，衝上前去。

竭 jié　　遏 è

竭：精疲力竭，殫精竭慮，竭誠

遏：遏制，阻遏，響遏行雲

解碼

➲ "竭" 的意義主要是用盡，如 "枯竭"、"竭盡全力"、"竭澤而漁"。

➲ "遏" 是阻止的意思，如 "遏止"、"怒不可遏"。

198 找找錯別字 ▶

博物館珍品薈粹，琳琅滿目。

198

博物館珍品薈萃，琳琅滿目。

粹 cuì　　萃 cuì

粹：純粹，納粹，精粹
萃：出類拔萃，薈萃，萃取

解碼

➲ “粹” 的形旁是 “米”，本義是純淨無雜質的米，泛指純粹，引申為精華。“精粹”、“文粹”、“國粹” 的 “粹” 不能寫作 “萃”。

➲ “萃” 的形旁是上邊的 “艹”，本義是草聚集，泛指聚集及聚集在一起的人或事。“薈萃”、“出類拔萃” 的 “萃” 不能寫作 “粹”。

199 找找錯別字▶

這個地區不斷受到風沙的侵佔，有些部分逐漸變成荒漠了。

199

這個地區不斷受到風沙的侵佔，有些部分逐漸變成荒漠了。

漸 jiàn　　慚 cán

漸：漸漸，日漸消瘦，漸入佳境
慚：慚愧，羞慚，大言不慚

解碼

➲ "漸"的形旁是"氵"，本義與水有關，表示慢慢滲透的意思，引申為逐步地、事物發展開端等，如"逐漸"、"循序漸進"、"防微杜漸"。

➲ "慚"的形旁是"忄"，本義與心理活動有關，表示羞愧的意思，如"慚愧"、"大言不慚"、"自慚形穢"。

200 找找錯別字 ▶

他從領獎台上走下來，臉上流漏出得意的神色。

200

他從領獎台上走下來，臉上流露出得意的神色。

漏 lòu　　露 lòu / lù

漏：滴水不漏，漏斗，漏網
露：露珠，流露，透露，顯露

解碼

- "漏" 的意思是從孔隙中滴下或掉出，引申為泄漏、遺落等，如 "水壺漏了"、"走漏了消息"、"漏税"、"遺漏"、"漏洞"、"疏漏"。

- "露" 是露水的意思，引申為顯露等義，讀 lù，如 "雨露"、"風餐露宿"、"揭露"、"暴露" 的 "露"。讀 lòu 表顯露義時多用於口語，如"露臉"、"露馬腳" 中的"露"。

- "泄露 lòu" 或作 "泄漏"，意思是不該被人知道的事被人知道，如 "泄露機密"。"泄漏" 的意思是（液體、氣體）漏出，不能寫作 "泄露"。

201 找找錯別字 ▶

他工作態度散慢，被旅行社開除了。

201

他工作態度散漫，被旅行社開除了。

慢 màn　　漫 màn

慢：慢慢吞吞，慢條斯理
漫：漫長，浪漫，漫不經心

解碼

➲ “慢”的左邊是形旁“忄”，有速度不快、態度冷漠的意思，如“緩慢”、“傲慢”、“怠慢”。

➲ “漫”的左邊是形旁“氵”，有水滿溢出、到處、隨意的意思。“漫山遍野”、“煙霧彌漫”中的“漫”是到處的意思；“漫無邊際”、“漫天要價”、“散漫”、“漫談”、“漫步”中的“漫”是隨意的意思，不能寫作“慢”。

202

找找錯別字 ▶

主人熱情地請我們品嘗清香脆甜的哈蜜瓜。

202

主人熱情地請我們品嘗清香脆甜的哈密瓜。

蜜 mì　　密 mì

蜜：蜜蜂，釀蜜，甜蜜
密：親密，密集，嚴密

解碼

- “蜜”的下邊是“虫”，“密”的下邊是“山”。
- “蜜”是蜂蜜的意思，引申為甜美，如“蜜月”、“甜言蜜語”、“口蜜腹劍”。
- “密”有親近的意思，“親密”、“密切”的“密”不能用“蜜”。新疆的哈密一帶盛產哈密瓜，“哈密瓜”由此得名，因此其中的“密”不能用“蜜”。
- “柔情密意”指溫柔親密的情意，“密”或作“蜜”。

203 找找錯別字▶

質量做到最好比較難，但盡可能減少瑕疵品，還是比較容易做到的。

203

質量做到最好比較難，但儘可能減少瑕疵品，還是比較容易做到的。

盡 jìn　　儘 jǐn

盡：盡力，自盡，盡頭，盡責，取之不盡
儘：儘早，儘管，儘量，儘快

解碼

- “盡”本義為完，引申為死亡、達到盡頭、全部用出、用力完成，全等義。“取之不盡”、“自盡”、“盡頭”、“盡心盡力”、“盡責”、“人盡皆知”中的“盡”不能寫作“儘”。

- “儘”可作連詞，表示姑且承認，如“儘管”；也可作副詞，表示某個範圍內的極限，如“儘量”、“儘快”、“儘早”。

204 找找錯別字 ▶

文章每一段運用了提綱挈領式的短語作開頭，條理很分明。

204

文章每一段運用了提綱挈領式的短語作開頭，條理很分明。

綱 gāng　　網 wǎng

綱：綱要，綱領，提綱
網：網球，漏網，一網打盡

解碼

- “綱”的右邊是“岡”，“網”的右邊是“罔”，需注意區別。
- “綱”本指網上的總繩，引申為事物的主要部分，如“大綱”、“綱舉目張”、“提綱挈領”、“實施綱要”。
- “網”的本義是魚網，引申為像網一樣的東西、組織、系統等，如“撒網”、“落網”、“網絡”、“聯網”、“天羅地網”。

205 找找錯別字 ▶

他在上司面前沒有主見，一向都是惟惟諾諾。

205

他在上司面前沒有主見，一向都是唯唯諾諾。

維 wéi　　惟 wéi　　唯 wéi

維：維護，維繫，維生素，三維動畫
惟：惟恐，惟妙惟肖，惟獨
唯：唯物論，唯唯諾諾

解碼

- "維" 的左邊是 "糹" 旁，本義是大繩，作動詞時有連結、保持等義，如 "維持"、"維修"。
- "惟" 的左邊是 "忄" 旁，本義是思考、思想。
- "唯" 的左邊是 "口" 旁，本義是應答聲。
- 在僅僅、只的意義上，"惟" 和 "唯" 通用，如 "唯一／惟一"；在思想的意義上 "維" 和 "惟" 通用，如 "思維／思惟"；作助詞時，這三個字都通用，如 "維（惟／唯）妙維（惟／唯）肖"。

206 找找錯別字 ▶

牠肚子上的羽毛蓬鬆柔軟，像剛彈過的綿絮，摸起來熱乎乎的。

206

牠肚子上的羽毛蓬鬆柔軟，像剛彈過的棉絮，摸起來熱乎乎的。

綿 mián　　棉 mián

綿：軟綿綿，連綿，纏綿
棉：棉花，棉紗，棉絮

解碼

➲ "綿" 的形旁是 "糸"，是絲綿的意思，引申為像絲綿一樣延續不斷、像絲綿一樣軟弱單薄，如"絲綿"、"綿羊"、"綿延"、"綿軟"、"秋雨綿綿"、"綿薄"。

➲ "棉" 的形旁是 "木"，表示木棉、草棉和棉花，也可表示像棉花的絮狀物，如 "棉布"、"棉絮"、"全棉製品"、"蓬鬆棉"。

207　找找錯別字 ▶

我們要做事有效率，就要事先練習，就像畫畫要先臨模一樣。

207

我們要做事有效率，就要事先練習，就像畫畫要先臨摹一樣。

摹 mó　　模 mó / mú

摹：臨摹，摹寫，摹本，摹仿
模：模型，模仿，勞模，模樣

解碼

- "摹"是指照着樣子寫或畫，引申為效仿，如"描摹"、"摹本"、"摹刻"、"摹仿"。
- "模"有法式、規範、標準、模範、模型等義，如"模型"、"模式"、"楷模"、"勞模"、"模具"。
- "模"還可解釋為仿效，與"摹"通用，"摹仿"、"摹擬"、"摹效"或作"模仿"、"模擬"、"模效"。

208　找找錯別字 ▶

一個個帳蓬，是一個個流動的家。

208

一個個帳篷，是一個個流動的家。

蓬 péng　　篷 péng

蓬：蓬亂，蓬鬆，蓬勃
篷：帳篷，斗篷，敞篷車

解碼

➲ “蓬”的上邊是“艹”，本義指蓬草，引申指散亂，又可表示旺盛。“亂蓬蓬”、“蓬頭垢面”、“蓬勃”的“蓬”不能錯寫成“篷”。

➲ “篷”的上邊是“⺮”，指遮擋風雨和日光的設備，也可指船帆。“帳篷”、“篷子”、“敞篷車”的“篷”不能寫作“蓬”。

209 找找錯別字 ▶

廣場上升起了五彩繽紛的煙火，火樹銀花輟滿夜空。

209

廣場上升起了五彩繽紛的煙火，火樹銀花綴滿夜空。

輟 chuò　綴 zhuì

輟：輟學，輟筆，中輟
綴：點綴，補綴，後綴

解碼

➲ “輟”的形旁是“車”，表示中止的意思。“輟學”的“輟”不能寫作“綴”。

➲ “綴”的形旁是“糹”，表示縫合，泛指連接，引申為裝飾。如“綴字成文”、“後綴”、“點綴”。

210 找找錯別字 ▶

在學校裏，有一些不懂事的同學欺侮他，甚至歐打他。

210

在學校裏，有一些不懂事的同學欺侮他，甚至毆打他。

歐 ōu　　毆 ōu

歐：歐洲，西歐，歐元
毆：毆打，毆鬥

解碼

- "歐"的右邊是"欠"，"毆"的右邊是"殳"。
- 在現代"歐"主要用作姓氏字和音譯字。如複姓"歐陽"的"歐"和"歐洲"、"歐姆"的"歐"。
- "毆"的形旁"殳"，是用竹木製成的兵器，"毆"的意思是擊打。因此"毆打"、"毆鬥"、"打架鬥毆"的"毆"不能寫成"欠"旁的"歐"。

211 找找錯別字▶

兩千多年前，古羅馬帝國威振歐亞大陸。

211

兩千多年前，古羅馬帝國威震歐亞大陸。

震 zhèn　　振 zhèn

震：震動，震怒，威震四方，震懾
振：振振有詞，一蹶不振，振聾發聵

解碼

➲ "震"的本義是霹雷，引申有震動、情緒非常激動等義；物體、人體本身的顫動多寫作"震"，如"地震"、"震撼"、"震耳欲聾"、"震驚"。

➲ "振"的本義是搖動、揮動，引申為奮起、振作；人揮動東西及由此產生的引申義多寫作"振"，如"振臂高呼"、"精神大振"、"振作精神"。

➲ "震動"和"振動"，都有搖動的意思，"震動"表示顫動，可以是不規則的；"振動"則強調物往復運動。

212 找找錯別字 ▶

這部電視劇映射了當今社會的不公平現象。

212

這部電視劇影射了當今社會的不公平現象。

影 yǐng　　映 yìng

影：影響，電影，陰影
映：反映，放映，掩映

解碼

- “影”有影子、照片、描摹等義，如“如影隨形”、“倒影”、“合影”、“影影綽綽”。
- “映”的意思是照耀、映現等，如“映照”、“輝映”、“映襯”、“反映”。
- “影射”和“映射”意思不同。“影射”的意思是暗指，借甲指乙，如“故事影射了生活中的一個人”。“映射”的意思是照射，如“陽光映射在海島上”。
- “倒影”和“倒映”意思和用法也不同。“倒影”是名詞，指倒立的影子。“倒映”是動詞，指某物的形象倒着映射在另一物上。

找找錯別字▶

213

千編一律的作文題目，真叫人難以下筆。

213

千篇一律的作文題目，真叫人難以下筆。

篇 piān　　編 biān

篇：長篇大論，篇幅，千篇一律
編：編輯，編寫，殘編斷簡

解碼

- "篇"不能作動詞，作名詞時多指首尾完整的文章，如"篇目"、"篇章"。"篇"還能作量詞，如"兩篇文章"，此"篇"不能寫作"編"。
- "編"能作動詞，表示順序排列、編織、創作等意思，如"編排"、"編花籃"、"編歌"；作名詞時表示整部的書或一部書劃成的幾個大部分，如"正編"、"前編"。

214 找找錯別字 ▶

發病的第一個症兆就是持續高燒。

214

發病的第一個徵兆就是持續高燒。

徵 zhēng　症 zhèng

徵：象徵，徵收，徵兆
症：急症，不治之症

解碼

- "徵" 有召集、收取、證明、現象等義，如 "徵兵"、"徵稅"、"信而有徵"、"徵求"、"特徵"。"徵兆" 的 "徵" 不能寫作 "症"。
- "症" 的基本意義是疾病，"病症"、"症狀"、"對症下藥" 的 "症" 不能寫作 "徵"。
- "徵候" 和 "症候" 是兩個詞。"徵候" 指發生某種情況的跡象；"症候" 指疾病或疾病症狀。

215 找找錯別字 ▶

他對人情世故看得很透澈。

215

他對人情世故看得很透徹。

徹 chè　　澈 chè

徹：貫徹，透徹，徹悟
澈：清澈，澄澈，明澈

解碼

➲ "徹"的常用義是通、透，如"響徹雲霄"、"徹頭徹尾"、"徹夜不眠"的"徹"。"徹底"的"徹"或作"澈"，現大多用"徹底"。

➲ "澈"的左邊是"氵"，是水清的意思。"清澈"的"澈"或作"徹"，現大多用"清澈"。

216 找找錯別字 ▶

沒想到，盤栽的葡萄真能結出這麼多串葡萄。

216

沒想到，盆栽的葡萄真能結出這麼多串葡萄。

盤 pán　　盆 pén

盤：茶盤，盤查，盤古，盤旋，盤根問底
盆：盆湯，臉盆，盆景，盆地

解碼

- "盤"原指一種古代的盥洗用具，現指盛放物品的淺底的器具，比碟子大，多為圓形。引申為形狀或功用像盤子的東西、迴旋地繞、仔細查問或清點、轉讓、搬運，如"盤旋"、"盤問"、"出盤"、"盤運"。
- "盆"是一種盛東西或洗東西用的器具，口大，底小，多為圓形，引申為形狀像盆的東西，如"盆湯""盆地"、"盆景"。

知多一點：

注意區分"一盤"和"一盆"的搭配。
"一盤"的搭配主要有三種情況：用於形狀或功能像盤子的東西，一般是淺底的物體，如"一盤磨"、"一盤剩菜"；用於迴旋地繞的東西，如"一盤蚊香"、"一盤 CD"；用於棋類、球類等比賽，如"一盤棋"、"一盤單打"。
"一盆"大多只與形狀或功能像盆的東西搭配，這些東西一般是深底的。如"一盆花"、"一盆冷水"、"一盆古松柏"。
盛菜的容器是深底的就用"一盆"，是淺底的就用"一盤"。

217 找找錯別字▶
又到結算日了，公司總會照例推出一些粉飾廚窗的活動。

217

又到結算日了，公司總會照例推出一些粉飾櫥窗的活動。

廚 chú　　櫥 chú

廚：廚房，名廚，廚具
櫥：櫥櫃，櫥窗，碗櫥

解碼

➲ “廚”指做飯菜的屋子，引申指廚師，如“廚房”、“廚師”、“廚藝。

➲ “櫥”原指放置衣服、物件的傢具，如“櫥櫃”、“衣櫥”、“碗櫥”。“櫥窗”則是指商店臨街展覽樣品的玻璃窗或用來展覽圖片等的設備。

218 找找錯別字 ▶

孩子們嘻笑着撐着傘，唱着歌兒走了。

218

孩子們嬉笑着撐着傘，唱着歌兒走了。

嬉 xī　　嘻 xī

嬉：嬉笑怒罵

嘻：笑嘻嘻

解碼

- "嬉"的形旁是"女"，指遊戲玩樂，如"嬉戲"、"嬉鬧"、"嬉笑"。"嬉皮笑臉"的"嬉"或作"嘻"。

- "嘻"的形旁是"口"，在古代主要用作歎詞，或表示感歎；在現代主要表示笑的聲音或樣子，如"嘻嘻地笑"、"嘻嘻哈哈"。

219 找找錯別字▶

騙子們的假話被當眾戮穿了。

219

騙子們的假話被當眾戳穿了。

戮 lù　　戳 chuō

戮：殺戮，屠戮，戮力同心
戳：戳穿，郵戳，指指戳戳

解碼

- "戮"和"戳"左下部寫法不同。"戮"左下是"㐱"，"戳"左下是"隹"。
- "戮"是殺的意思，引申為合力，如"殺戮"、"戮力同心"。
- "戳"的意思是用尖端觸擊，引申為因猛觸硬物而受傷、圖章等，如"戳穿"、"戳破"、"戳傷"、"郵戳"。

220 找找錯別字 ▶

回頭一看，紅日漸漸地墮下去了。

220

回頭一看，紅日漸漸地墜下去了。

墮 duò　墜 zhuì

墮：墮落，墮樓
墜：墜落，天花亂墜

解碼

- “墮”和“墜”右上部寫法不同。“墮”的右上部是“育”，“墜”的右上部是“豕”。
- “墮”的意思是掉下來，如“墮入海中”、“墮胎”。
- “墜”的意思是從高處落下來，引申為往下沉、下垂的東西等，如“墜毀”、“搖搖欲墜”、“耳墜”。
- “墮落”和“墜落”意思不同。“墮落”的意思是往壞變或淪落，如“腐化墮落”;“墜落”的意思是落、掉，如“隕星墜落”。

221 找找錯別字▶

校長鼓勵大學生們到實際工作環境中去接受鍛練。

221

校長鼓勵大學生們到實際工作環境中去接受鍛煉。

練 liàn　　煉 liàn

練：教練，排練，練武
煉：鍛煉，修煉，千錘百煉

解碼

➲ “練”的左邊是“糹”，本義是煮熟的白絹，引申為多次操練、經驗豐富等，如“練習”、“訓練”、“勤學苦練”、“熟練”、“老練”。

➲ “煉”的左邊是“火”，本義是冶煉，因此“鍛煉”、“錘煉”、“提煉”、“百煉成鋼”的“煉”不能用“練”。

➲ “磨煉”或作“磨練”。

➲ “煉字”還可表示用心推敲字句的意思。“練字”則表示練習寫字。兩者意思不同。

222　找找錯別字 ▶

當地居民一直以宗敬的心情
涵懷着這位可敬的老人。

222

當地居民一直以崇敬的心情緬懷着這位可敬的老人。

緬 miǎn　　湎 miǎn

緬：緬懷，緬想，緬邈
湎：沈湎

解碼

➲ "緬" 的形旁是 "糹"，本義與絲有關，指纖細的絲；由此引申為綿延、遙遠。"緬懷" 的 "緬" 不能寫成 "湎"。

➲ "湎" 的形旁是 "氵"，是沈迷於酒的意思，泛指沈溺、迷戀。"沈湎" 的 "湎" 不能誤作 "緬"。

223 找找錯別字 ▶

政府應採取有力措施，取諦盜版活動。

223

政府應採取有力措施，取締盜版活動。

締 dì　　諦 dì

締：取締，締造，締盟
諦：真諦，諦聽，諦視

解碼

➲ “締”的形旁是“糹”，本指打成的結不可解，表示結合得很牢固，引申為結合，如“締結”、“締交”、“締約”。

➲ “諦”的形旁是“言”，有詳審、仔細的意思，又用為佛教語，指意義、道理，如“諦聽”、“真諦”。

224 找找錯別字 ▶

我不認為這些主張是糾正蔽端的好辦法。

224

我不認為這些主張是糾正弊端的好辦法。

蔽 bì　　弊 bì

蔽：掩蔽，屏蔽，衣不蔽體
弊：弊病，舞弊，各有利弊

解碼

- "蔽"的形旁是"艹"，基本意思是遮蓋、擋住，如"隱蔽"、"遮蔽"、"蒙蔽"，其中的"蔽"不能寫作"弊"。
- "弊"的形旁是"廾"，基本意思是弊病、壞處，也指欺詐矇騙的行為。"弊端"、"作弊"、"徇私舞弊"的"弊"不能寫作"蔽"。

225 找找錯別字▶
丈夫工作太累，妻子一直都躭心他的身體健康。

225

丈夫工作太累，妻子一直都擔心他的身體健康。

擔 dān　　躭 dān

擔：擔心，擔任，擔保，承擔
躭：躭誤，躭擱

解碼

- “擔”有用肩挑、擔負等義，如“擔水”、“擔當”、“擔保”、“擔驚受怕”、“擔心”。
- “躭”有延誤、延遲等義，如“躭擱”、“躭誤”。其中的“躭”也可作“擔”。

226 找找錯別字 ▶

警方已下了通輯令捉拿這幾名罪犯。

226

警方已下了通緝令捉拿這幾名罪犯。

輯 jí　　緝 jī / qī

輯：編輯，邏輯，輯錄，選輯
緝：通緝，緝捕，偵緝，緝獲

解碼

- "輯"的形旁是"車"，本義與車有關，指車廂，泛指車子；引申為合、聚；現在的常用義是編輯、輯錄，也指整套書的各部分，如"剪輯"、"特輯"、"叢書的第二輯"。
- "緝"的形旁是"糸"，本義與絲麻有關，指把絲麻搓成線，引申為一針對一針地縫，讀 qī，如"緝鞋口"。現在更常用的意義是捉拿，讀 jī，如"通緝"、"緝拿歸案"。

227 找找錯別字 ▶

他曆盡艱辛，才取得今天的成就。

227

他歷盡艱辛，才取得今天的成就。

歷 lì　曆 lì

歷：歷史，歷來，來歷，歷程
曆：農曆，曆法，曆書，老黃曆

解碼

- "歷" 的形旁是 "止"。"止" 在古文字中寫作 ㄓ，是腳的象形，本義是腳。路是靠腳走過的，因此 "歷" 有經歷、經過的意思。如 "來歷"、"簡歷"、"學歷" 中的 "歷" 都是經歷的意思，不能寫作 "曆"。

- "曆" 的形旁是 "日"，因此可表示與時間有關的曆法、曆書義。如 "陽曆"、"日曆"、"掛曆"。

228 找找錯別字 ▶

同事們在不利情況下，加倍努力，憤勇向前。

228

同事們在不利情況下，加倍努力，奮勇向前。

奮 fèn　　憤 fèn

奮：興奮，自告奮勇，勤奮
憤：氣憤，悲憤，憤世嫉俗

解碼

- "奮" 在金文中寫作[金文字形]，本義是鳥用力振翅飛翔，引申為舉起、振作、努力去做某事。如 "振奮"、"奮鬥"、"奮發向上"、"奮不顧身"。
- "憤" 的形旁是左邊的 "忄"，與心情感情有關，意思是因不滿而感情激動。如 "憤怒"、"憤恨"、"憤憤不平"、"憤慨"。
- 抒發不滿而決心努力就是 "發憤"，也可寫作 "發奮"。

229 找找錯別字▶

忍不住咀饞，他把買藥的錢買了烤肉。

229

忍不住嘴饞，他把買藥的錢買了烤肉。

嘴 zuǐ　　咀 zuǐ

嘴：張嘴、煙嘴、嘴硬
咀：尖沙咀

解碼

- "嘴"是口的通稱，也表示形狀或作用像嘴的東西、說的話等義。"嘴巴"、"煙嘴"、"多嘴"中的"嘴"不能寫成"咀"。
- "咀"是"嘴"的俗寫，一般只用於一些地名中。如"尖沙咀"、"洲頭咀"，這些"咀"要地從主人，不能寫成"嘴"。

230 找找錯別字 ▶

星期天，到海邊釣魚是爸爸喜愛的消遣活動。

230

星期天，到海邊釣魚是爸爸喜愛的消遣活動。

遺 yí　　遣 qiǎn

遺：遺忘，遺憾，遺跡，路不拾遺
遣：差遣，調遣，遣詞造句，調兵遣將

解碼

- "遺"字"辶"包圍的是"貴"，"遣"字"辶"包圍的是"𠳋"。
- "遺"有丟失、拋棄、留下等義，如"遺失"、"遺棄"、"遺傳"、"不遺餘力"、"暴露無遺"。
- "遣"有打發、使離開、排解等義，如"派遣"、"遣送"、"消遣"。

231 找找錯別字▶

老師很氣重我，希望我能考上大學。

231

老師很器重我，希望我能考上大學。

器 qì　氣 qì

器：武器，儀器，器重
氣：口氣，氣氛，客氣

解碼

- "器"有器物、器官、才能、看重等義。如"器械體操"、"消化器"、"投鼠忌器"、"大器晚成"、"器重"等。

- "氣"有氣體、氣息、人的精神狀態、身體原動力等意義。如"氣血不足"、"氣質"、"朝氣蓬勃"、"氣壯山河"。

- "器量"和"氣量"都可指人的氣度。"小氣"主要指人吝嗇；在某些方言中也指人的氣量小，與"小器"同。"小器"主要指人的氣量小和小器皿；也指人吝嗇，與"小氣"同。"器宇軒昂"或作"氣宇軒昂"。

232 找找錯別字 ▶

她意識到自己錯了，低下頭墨不作聲。

232

她意識到自己錯了，低下頭默不作聲。

默 mò　　墨 mò

默：幽默，緘默，潛移默化，默契
墨：墨鏡，水墨畫，粉墨登場，舞文弄墨

解碼

- "默" 是左右結構，形旁是 "犬"；"墨" 是上下結構，形旁是 "土"。
- "默" 是不出聲的意思，如 "靜默"、"默讀"、"默不作聲"、"默默無聞"。
- "墨" 有黑色顏料、黑色、字、畫等義，如 "墨汁"、"墨鏡"、"墨寶" 等。"墨守成規" 中的 "墨" 是指戰國時的墨子，不能寫作 "默"。

233 找找錯別字 ▶

為編寫這部百科全書，專門成立了一個編篹小組。

233

為編寫這部百科全書，專門成立了一個編纂小組。

篡 cuàn　　纂 zuǎn

篡：篡改，篡奪，篡權
纂：編纂

解碼

- “篡”的下邊是“厶”，“纂”的下邊是“糸”。
- “篡”的意思是奪取，如“篡奪”、“篡位”。
- “纂”本指赤色的絲帶，引申指編輯。“編纂”的“纂”不能寫作“篡”。

234 找找錯別字 ▶

天下沒有十全十美的生意，你先行量一下得失再說吧。

234

天下沒有十全十美的生意，你先衡量一下得失再說吧。

衡 héng　行 xíng / háng / héng

衡：衡量，平衡

行：行走，通行，舉行，行業，道行

解碼

- "衡"原指秤桿，泛指稱重量的器具，引申為評定、斟酌考慮、不傾斜等。
- "行"表示走、旅行、流通、辦、行為、可以、將要等義時讀 xíng，如"行走"、"行程"、"流行"、"舉行"、"罪行"、"真行"、"行將"。表示排列、行業等義時讀 háng，如"雙行"、"行家"。表示技能本領時讀 héng，如"道行"。

知多一點：

注意區別"平衡"與"平行"。"平衡"表示對立的各方面在數量或品質上相等或相抵；或指作用在同一物體上的幾個力相互抵消，物體仍保持原有的運動狀態。"平行"表示等級相同沒有隸屬關係或事情同時進行；還指兩個平面或同一平面內的兩條直線或直線與平面不相交的狀態。"平衡"側重指事物能量的相等或相抵；"平行"側重指事物不相交。"身體平衡"、"平衡木"中的"衡"不能寫作"行"；"平行四邊形"中的"行"不能寫作"衡"。

235 找找錯別字▶
幾個小夥伴不知所錯，看見奶奶過來了，都低下了頭。

235

幾個小夥伴不知所措，看見奶奶過來了，都低下了頭。

錯 cuò　措 cuò

錯：錯誤，交錯，差錯，過錯
措：措施，舉措，措手不及

解碼

- “錯” 的形旁是“金”，“措” 的形旁是“扌”。
- “錯” 有相互交叉、過失等意思。“犬牙交錯”、“盤根錯節”、“陰差陽錯” 中的“錯” 不能寫作“措”。
- “措” 有處置、安排的意思。“驚惶失措”、“手足無措”、“不知所措” 中的“措” 不能寫作“錯”。

236 找找錯別字 ▶

這篇文章論證嚴密，簡直無卸可擊。

236

這篇文章論證嚴密，簡直無懈可擊。

懈 xiè　　卸 xiè

懈：鬆懈，懈怠，堅持不懈，無懈可擊
卸：裝卸，推卸，卸任，丟盔卸甲

解碼

➲ "懈"的形旁是"忄"，心理上鬆弛了，行動上就會懈怠，"懈"的本義是鬆弛、懈怠。"鬆懈"、"堅持不懈"、"無懈可擊"的"懈"不能用"卸"。

➲ "卸"的本義是把物品從運輸工具上搬下來。由此引申為把部件拆下、把裝飾除去、解除、推卸等，如"卸貨"、"拆卸"、"卸磨殺驢"。

237 找找錯別字 ▶

海浪激打着小船。

237

海浪擊打着小船。

擊 jī　激 jī

擊：攻擊，遊擊隊，聲東擊西
激：感激，激情，慷慨激昂

解碼

➲ "擊"的形旁是"手"，本義是敲打，引申為攻打、碰撞等義，如"擊鼓"、"旁敲側擊"、"射擊"、"襲擊"。

➲ "激"的形旁是"氵"，本指水流受阻而濺起，引申為水流急、急劇、使發作等義。如"激流"、"激烈"、"偏激"、"刺激"。"激發"是刺激使奮發的意思，"激"不能寫作"擊"。

238 找找錯別字 ▶

小獅子已經學會自己捕穫一些食物了。

238

小獅子已經學會自己捕獲一些食物了。

獲 huò　　穫 huò

獲：獲悉，繳獲，不勞而獲
穫：收穫

解碼

- “獲”的形旁是“犭”，“穫”的形旁是“禾”旁。
- “獲”的意思是得到，如“捕獲”、“獲得”、“獲勝”、“獲獎”。“不勞而獲”的“獲”不用“穫”。
- “穫”的意思是收割莊稼。“收穫”的“穫”不用“獲”。

239 找找錯別字 ▶

觀眾對這部新影片反映冷淡。

239

觀眾對這部新影片反應冷淡。

應 yìng　　映 yìng

應：答應，得心應手，有求必應
映：倒映，映照，放映

解碼

- "應"的形旁是"心"，本義是心裏認為如此，引申為回應、應對、適應等，如"呼應"、"響應"、"隨機應變"、"應接不暇"。

- "映"的形旁是"日"，本義是照射，如"放映"、"映襯"。

- "反應"與"反映"是兩個意思不同的詞。"反應"強調事情所引起的意見、態度或行動，如"他的演講引起了不同的反應"。"反映"則強調把情況、意見等告訴有關部門，如"反映情況"、"反映現實"。

240 找找錯別字 ▶

中國有輝煌而又璨爛的藝術文明。

240

中國有輝煌而又燦爛的藝術文明。

燦 càn　　璨 càn

燦：燦爛，金燦燦
璨：璀璨

解碼

- "燦"的形旁是"火"，本義是光彩鮮明。"燦爛"的"燦"不能寫作"璨"。
- "璨"的形旁是"王（玉）"，指玉的光澤，也指美玉。"璀璨"一詞是形容珠玉等光彩鮮明，其中的"璨"不能寫作"燦"。

241

找找錯別字▶

天氣很陰沉，也很悶熱，使人異常煩燥。

241

天氣很陰沉，也很悶熱，使人異常煩躁。

燥 zào　　躁 zào

燥：乾燥，枯燥，口乾舌燥
躁：焦躁，浮躁，少安毋躁

解碼

➲ "燥" 是"火" 旁，有火就容易乾，缺少水分，因此"乾燥"、"燥熱"、"枯燥" 的"燥" 不能寫作"躁"。

➲ "躁" 是 "𧾷" 旁，指性急，人急就容易舉止行動不冷靜，"𧾷" 旁與行動有關，因此 "急躁"、"煩躁"、"焦躁"、"暴躁"、"躁動" 的"躁" 不能寫作 "燥"。

242 找找錯別字 ▶

必須先觀察生活，寫文章才能不說空話，不用陳詞爛調。

242

必須先觀察生活，寫文章才能不說空話，不用陳詞濫調。

濫 làn　　爛 làn

濫：濫用職權，陳詞濫調，濫竽充數
爛：爛醉如泥，焦頭爛額，海枯石爛

解碼

➲ "濫" 的形旁是 "氵"，本義是大水漫溢，引申為過度、無節制，如 "洪水泛濫"、"寧缺毋濫"、"粗製濫造"。又指虛妄不實，如 "濫竽充數"、"陳詞濫調"，其中的 "濫" 不能寫作 "爛"。

➲ "爛" 的形旁是 "火"，本義是用火煮爛，引申為腐敗、破碎，如 "滾瓜爛熟"、"碎銅爛鐵"、"山花爛漫"。

243

找找錯別字▶

這是塑料粘貼出來的模型，我小心亦亦地放在桌上。

243

這是塑料粘貼出來的模型，我小心翼翼地放在桌上。

翼 yì　　亦 yì

翼：翼翅，翼助，翼側，小心翼翼
亦：亦然，人云亦云，亦步亦趨

解碼

➲ "翼" 原指鳥類的飛行器官，後也指飛機等飛行工具用以支撐機身產生升力的部分。引申為側、幫助、輔助等義。"雞翼"、"機翼"、"翼翅" 的 "翼" 不能寫作 "亦"。

➲ "亦" 是一個書面語詞，表示也、同樣，如 "亦然"、"人云亦云"、"亦步亦趨"。

244 找找錯別字 ▶

請幫我把這份文件復印兩份。

244

請幫我把這份文件複印兩份。

覆 fù　　復 fù　　複 fù

覆：翻來覆去，天翻地覆，重蹈覆轍
復：恢復，答復，報復
複：複雜，重複，複製，複合

解碼

➲ "覆"有翻過來、傾倒、蓋住等意義，如"天翻地覆"、"顛覆"、"覆沒"、"覆蓋"。

➲ "復"有回來、還原、回答、再等意義。"復原"、"收復"、"恢復"、"死灰復燃"中的"復"不能寫作"覆"或"複"。"復信"、"答復"的"復"或寫作"覆"。

➲ "複"有重複、繁複的意思。"複印"、"複製"、"複姓"的"複"不能寫作"復"或"覆"。

245 找找錯別字 ▶

村民們敲鑼打鼓，慶祝葡萄丰收。

245

村民們敲鑼打鼓，慶祝葡萄豐收。

豐 fēng　　丰 fēng

豐：豐富，豐滿，豐收
丰：丰采，丰姿，丰韻

解碼

- “豐”本義是豐盛，引申為大，如“五穀豐登”、“豐衣足食”、“豐功偉績”。
- “丰”本義是草木茂盛，引申為容貌好看，如“丰采”、“丰姿”、“丰韻”，也可寫作“風采”、“風姿”、“風韻”。

246 找找錯別字 ▶

看似荒繆怪誕的故事，卻浸透着作者多少的悲憤與無奈。

246

看似荒謬怪誕的故事，卻浸透着作者多少的悲憤與無奈。

謬 miù　　繆 miù / móu

謬：悖謬，謬説，乖謬，謬種流傳
繆：未雨綢繆，紕繆

解碼

➲ "謬"的形旁是"言"，本義與言語有關，指言語錯誤、不合情理，泛指差錯，如"荒謬"、"謬論"、"謬誤"、"差之毫釐，謬以千里"。

➲ "繆"的形旁是"糹"。讀 miù 時是假借義，曾表示錯誤的意思，現在只用於"紕繆"當中。讀 móu 時，用於疊韻聯綿詞"綢繆"，如"未雨綢繆"。

247 找找錯別字▶

我憑舷眺望，江水滔滔，一泄千里，向東流去。

247

我憑舷眺望，江水滔滔，一瀉千里，向東流去。

瀉 xiè　　泄 xiè

泄：發泄，泄露，宣泄，水泄不通
瀉：傾瀉，腹瀉，一瀉千里

解碼

- "瀉"現在的意義用法主要是液體很快地流、腹瀉，如"傾瀉"、"一瀉千里"、"瀉肚"、"上吐下瀉"、"瀉藥"。
- "泄"有使排出、泄漏、發泄等義，如"排泄"、"泄氣"、"泄密"、"泄私憤"。"水泄不通"的"泄"是指水排出，但沒有很快地流的意思，不能寫作"瀉"。

248 找找錯別字 ▶

《孫子兵法》對後世軍事家的影響很大。

248

《孫子兵法》對後世軍事家的影響很大。

嚮 xiàng　　響 xiǎng

嚮：嚮導，嚮往已久
響：影響，響亮，交響樂，不聲不響

解碼

- "嚮"和"響"下部不同，"嚮"的下部是"向"，"響"的下部是"音"。
- "嚮"下部的"向"在古文字中像牆上開的窗戶，"嚮"可表示朝、對的意思。
- "響"下部的"音"，意思是聲音。"響"的意思是回聲、聲音。回聲相應是"響應"；動作的聲音是"響動"。

249 找找錯別字▶

他們早已一刀兩段，沒有任何往來。

249

他們早已一刀兩斷，沒有任何往來。

斷 duàn　　段 duàn

斷：推斷，壟斷，投鞭斷流，當機立斷
段：身段，地段，三段論，不擇手段

解碼

- "斷"的本義是截開，引申為斷絕、判斷等，如"間斷"、"中斷"、"斷電"、"診斷"。"一刀兩斷"不能寫作"一刀兩段"。
- "段"可用於表示事物、時間的一節，如"階段"、"路段"、"段落"的"段"不能寫作"斷"。
- "片段"或寫作"片斷"。

250 找找錯別字 ▶

許多古老的民間傳説都蘊涵着溫情與想像。

250

許多古老的民間傳說都蘊涵着溫情與想像。

蘊 yùn　　薀 wēn

蘊：蘊蓄，意蘊，底蘊
薀：薀草

解碼

- “蘊”的左下部是“糹”，“薀”的左下部是“氵”。
- “蘊”的本義為積聚，引申為包含、事物深奧處。“蘊涵”、“蘊藏”、“底蘊”的“蘊”不能寫作“薀”。
- “薀”指的是一種水草。“薀草”的“薀”不能寫作“蘊”。

251 找找錯別字▶

那段時期正是他事業的顛峯時期。

251

那段時期正是他事業的巔峯時期。

顛 diān　　巔 diān

顛：顛沛流離，顛倒是非

巔：巔峯

解碼

- "巔"比"顛"上邊多個"山"。
- "顛"的形旁是"頁"（本指頭），本義是頭頂，引為山頂，此義後來由"巔"表示；轉指跌落、上下震動，如"顛覆"、"顛撲不破"、"顛簸"。
- "巔"是"顛"的分化字，上邊的"山"是形旁，"顛"是聲旁兼表義。"巔"表示山頂。
- "山巔"與"山顛"通用。

252 找找錯別字 ▶

這些貪污分子揮金如土，生活靡爛。

252

這些貪污分子揮金如土，生活糜爛。

靡 mí　　糜 mí

靡：奢靡，靡費

糜：肉糜，糜爛，糜費

解碼

- “靡”的下邊是“非”，表示浪費的意思，如“奢靡”、“侈靡”、“靡費”。
- “糜”的下邊是“米”，本指稠粥，引申為破爛等，如“糜爛”，其中的“糜”不可誤作“靡”。
- “糜”也可表示浪費的意思，因此，“奢靡”、“侈靡”、“靡費”中的“靡”或作“糜”。

知多一點：

“靡”和“糜”都是多音字。“靡”還可讀 mǐ，表示無、倒下的意思，如“靡日不思”的“靡”是無的意思；“披靡”的意思是散亂、倒下；“風靡”的意思是草木隨風倒下，喻指風行、流行。“糜”還可讀 méi，指糜子。

253 找找錯別字 ▶

張教授對人和靄可親，從來不發脾氣。

253

張教授對人和藹可親，從來不發脾氣。

藹 ǎi　　靄 ǎi

藹：和藹可親

靄：雲靄，山靄

解碼

- “藹” 的形旁是 “艹”，本義是草本繁盛的樣子，引申為美好、和善等。如“和藹”、“藹然可親”。
- “靄” 的形旁是 “雨”，本義是雲霧瀰漫的樣子，引申為雲氣。如“霧靄”、“煙靄”、“暮靄”。
- 注意區分“藹藹” 與“靄靄”。“藹藹” 形容草木茂盛的樣子，如“山林藹藹”;“靄靄” 形容雲霧密集的樣子，如“陰雲靄靄”。

254 找找錯別字 ▶

瞻養父母是每個子女的義務。

254

贍養父母是每個子女的義務。

贍 shàn　　瞻 zhān

贍：贍養，豐贍，宏贍
瞻：瞻仰，馬首是瞻，有礙觀瞻

解碼

➲ "贍" 的形旁是 "貝"，本義與財物有關，表示供給的意思。"贍養" 的 "贍" 不能寫作 "瞻"。

➲ "瞻" 的形旁是 "目"，本義與眼睛有關，表示往前看或往上看的意思。"瞻仰"、"瞻前顧後"、"高瞻遠矚" 的 "瞻" 不能寫作 "贍"。

255

找找錯別字 ▶

他因違反校規，被開除學藉。

255

他因違反校規，被開除學籍。

籍 jí　　藉 jí / jiè

籍：國籍，典籍，古籍
藉：慰藉，憑藉，藉端

解碼

- “籍”的上邊是“⺮”，“藉”的上邊是“⺿”。
- “籍”的基本義是書、書冊，引申指登記隸屬關係的簿冊、隸屬關係、籍貫等，如“書籍”、“學籍”、“祖籍”。
- “藉”可讀作 jiè，表示假託、利用的意思，如“藉口”、“藉故”，其中的“藉”不能寫作“籍”。
- “藉”讀 jí 的時候用於“狼藉”，形容亂七八糟的樣子，如“杯盤狼藉”形容杯盤碗筷亂七八糟的樣子；“聲名狼藉”形容行為不檢點，名聲極差。其中的“藉”也可寫作“籍”。

256 找找錯別字 ▶

我何嘗不想回去看看我白髮蒼蒼、老態龍鐘的母親？

256

我何嘗不想回去看看我白髮蒼蒼、老態龍鍾的母親？

鐘 zhōng　　鍾 zhōng

鐘：警鐘長鳴，鬧鐘
鍾：一見鍾情，老態龍鍾

解碼

- “鐘”的右邊是“童”，“鍾”的右邊是“重”。
- “鐘”本指樂器，古時有“編鐘”，引申為計時器、鐘錶、鐘點。“座鐘”、“警鐘”、“鐘樓”的“鐘”不能寫作“鍾”。
- “鍾”本指酒器，引申為積聚、集中，如“鍾情”、“鍾愛”。
- 另有以“鍾”為姓，傳說中能打鬼的神叫“鍾馗”，其“鍾”不能寫作“鐘”。

257 找找錯別字 ▶

他居然做出了這種事，真不可思議。

257

他居然做出了這種事，真不可思議。

議 yì　　義 yì

議：會議，建議，提議，不可思議
義：主義，定義，正義，大義凜然

解碼

➲ "議"比"義"左邊多個"言"旁，基本義是議論，引申為評論、商討、主張等義，如"評議"、"抗議"、"不可思議"的"議"不能寫作"義"。

➲ "義"的基本義是公正合乎道理，引申為意義、情誼、名義等，如"義不容辭"、"無情無義"、"含義"、"義父"。

258 找找錯別字 ▶

他一生下來就又瘦小，又羸弱。

258

他一生下來就又瘦小，又羸弱。

贏 yíng　　羸 léi

贏：贏利，輸贏，贏得榮譽
羸：羸弱，羸頓，身病體羸

解碼

- "贏"和"羸"字形相似，但是兩個完全不同的字。"贏"的下部中間是"貝"，"羸"的下部中間是"羊"。
- "贏"的意思是經商有所獲利，引申指獲勝，如"贏餘"、"贏得主動"、"贏了兩局"。
- "羸"的意思是瘦。"羸弱"的"羸"不能錯寫成"贏"。

知多一點：

與這兩個字字形相似的還有一個字：嬴，讀 yíng，其下部中間是"女"。這是一個姓，秦始皇嬴政的"嬴"不要寫成"贏"或"羸"。

259

找找錯別字▶

路邊的樹木只能看出個黑影子，分辯不出是甚麼樹。

259

路邊的樹木只能看出個黑影子，分辨不出是甚麼樹。

辯 biàn　　辨 biàn

辯：爭辯，狡辯，申辯，辯駁
辨：分辨，辨認，辨析，明辨是非

解碼

- "辯"的形旁是"言"，基本義是用言辭爭辯、辯論。如"答辯"、"狡辯"、"辯護"、"辯解"。
- "辨"的形旁是"刂"，基本義是分辨、辨別，如"明辨是非"、"辨認"、"辨析"。
- "辨白"既表示分辨又需要使用言辭，所以也可寫作"辯白"。
- 在表示"辨析考證"的意思時，"辯證"和"辨證"可以通用；但表示"辯證關係"不用"辨"，則只用"辯"。

260 找找錯別字 ▶

年少無知的我對母親的愛不屑一故。

260

年少無知的我對母親的愛不屑一顧。

顧 gù　　故 gù

顧：回顧，顧慮，後顧之憂，奮不顧身
故：一見如故，平白無故，故弄玄虛

解碼

- "顧"的本義是轉過頭來看，引申為照顧、注意、前來要求服務（的）等義。"不屑一顧"、"相顧一笑"、"顧名思義"的"顧"是轉頭看的意思，"顧此失彼"、"顧及"的"顧"是注意的意思，"顧客"、"光顧"的"顧"指前來要求服務的，都不能寫作"故"。

- "故"有緣故、原因、舊的、有意的等意義，如"無緣無故"、"明知故犯"、"依然故我"。

附錄

常見的錯字

錯字	正字	錯在哪裏	類推字
孰	孰	右邊是丸，不是九	勢、執、熱
畏	畏	下邊是𧘇，不是衣	偎、展、喪
弊	弊	下邊是廾，不是丌	弁、弄、弈
湯	湯	右邊是昜，不是易	楊、腸、殤
劵	券	下邊是刀，不是力	剪、劈、寡
毐	毒	下邊是母，不是毋	霉、梅、拇
痕	痕	左上是疒，不是广	疾、癌、疫
迢	迢	左下是辶，不是⻌	迄、追、逆
恭	恭	下邊是⺗，不是小	慕、忝、添、舔
記	記	右邊是己，不是已	紀、杞、忌
欺	欺	右邊是欠，不是攵	款、飲、歇、歐
結	結	左邊是糹，不是幺	約、紡、細、純
臭	臭	下邊是犬，不是大	哭、突、戾
劣	劣	上邊是少，不是⺌	省、雀、沙
屈	屈	上邊是尸，不是戶	屏、屆、層
斬	斬	右邊是斤，不是斥	欣、斷、斧
禮	禮	左邊是礻，不是衤	祈、祠、禱、祥
矜	矜	左邊是矛，不是予	務、霧、茅
孤	孤	右邊是瓜，不是爪	弧、瓢、瓤、狐
袂	袂	右邊是夬，不是央	缺、抉、訣
羚	羚	右邊是令，不是今	伶、冷、玲、苓
柳	柳	右邊是卯，不是卬	鉚、珋、卿
版	版	左邊是片，不是爿	牌、牒、牘

錯字	正字	錯在哪裏	類推字
暇	暇	右邊是叚，不是段	假、蝦、遐、瑕
隊	隊	右邊是㒸，不是豖	遂、墜、隧
渴	渴	右下是匃，不是匈	竭、遏、褐
策	策	下邊是朿，不是束	刺、棘、棗
姬	姬	右邊是𦣞，不是臣	頤、熙
淊	滔	右邊是舀，不是臽	韜、蹈、稻
發	發	上邊是癶，不是癶	登、澄、凳、葵
扺	抵	右邊是氐，不是氏	低、砥、底、羝
暏	睹	左邊是目，不是日	瞧、睦、眼
降	降	右邊是夅，不是夆	絳、洚、袶
縳	縛	右邊是尃，不是專	傅、博、搏
冦	冠	上邊是冖，不是宀	冗、軍、罕、冥
埌	垠	右邊是艮，不是良	很、恨、狠
猴	猴	右邊是侯，不是候	喉、堠、餱
訉	訊	右邊是卂，不是凡	迅、汛
跋	跋	右邊是犮，不是发	拔、菝、軷
贋	贗	上邊是厂，不是广	厭、厲、厚、原
晝	晝	上邊是𦘒，不是圭	書、畫
斌	斌	右邊是武，不是戓	賦、鵡
鼔	鼓	右邊是支，不是攴	豉、枝、技、肢
淩	凌	右邊是夌，不是夋	陵、菱、綾、睖
捜	搜	右邊是叟，不是臾	艘、颼、餿
鎗	綸	右邊是侖，不是倉	論、淪、輪
酌	酌	右邊是勺，不是匀	灼、釣、趵
流	流	右邊是㐬，不是充	琉、硫、疏、梳
留	留	上邊是𠂿，不是卯	溜、榴、遛、餾